괜찮아, 나도 그랬으니까

괜찮아,
나도
그랬으니까

태호섭 지음

직설적인 표현으로 약간의 충격은 받을 수 있지만,
이 충격을 통하여 자신의 마음을 결정하고
생각해야 할 부분이 명확해진다

좋은땅

프롤로그

20년 이상의 퍼스널트레이닝을 하며 다양한 상담을 많이 했고, 현재도 상담을 하며 지내고 있다. 퍼스널트레이너는 회원님이 운동을 잘할 수 있도록 육체적인 관리와 정신적인 관리를 한다. 운동하러 오신 회원님이 정신적인 스트레스가 있을 때는 운동에 집중을 할 수 없다. 그래서 퍼스널트레이너는 회원님의 정신적인 스트레스가 줄어들 수 있도록 상담을 진행한다. 소통이 잘되기 위해서, 회원님이 하시는 일에 대해서 공부를 하고, 심리학, 사회적 분위기 파악 등을 꾸준히 공부를 했었고 지금도 하고 있다.

오랫동안 상담을 하면서, 상담하는 스타일도 간접적인 방법에서 직설적인 방법으로 바뀌었다. 그래서 직설적인 방법을 기본으로 하고, 상황에 따라 간접적인 방법을 사용하면서 상담을 하고 있으며, 이 둘을 같이 사용을 하더라도 결론은 언제나 직설적인 방법으로 하고 있다.

간접적인 방법과 직설적인 방법은 서로 장·단점이 있지만, 직설적인 방법을 사용하는 이유는 '정확한 표현을 사용하기 때문에 오해가 줄고 확실하게 나의 마음을 표현할 수 있으며, 상담자도 확실한 방향 및 생각해야 할 부분이 명확해지기 때문'이다.

과거부터 현재까지 진행한 상담 내용의 메모 등 기억들을 떠올리며 회원님들에게 가장 많이 했던 내용을 이 책에 담았다. 책을 처음 쓸 때는 상담 내용과 상담에 대한 나의 답변을 길게 썼다. 하지만 이 책을 읽는 독자분이 다양한 생각을 하지 못할 수 있다는 생각이 들어서 상담 내용을 빼고 답변 내용도 핵심만 담았다.

목차

제1부

성장

1장

이미지

자신의 말을 해!

좋은 의미로 좋은 말을 해도 결국은 듣는 자의 마음에 따라서 좋은 의미의 말이 될 수 있고, 나쁜 의미(서운함도 포함) 및 나쁜 말이 될 수도 있다.

그리고 상대방을 만족시키기 위해서 누군가의 말을 인용 등의 노력을 해도 결국은 듣는 자의 마음에 의해서 쓸데없는 말이 될 수 있고, 이 중에 일부만 받아들일 수 있고, 아예 받아들이지 않을 수 있다.

그래서 '나 지금까지 뭐 한 거지?'라는 허탈한 마음이 생기기도 하고 '내 의도는 이게 아니었는데….'라는 미안한 마음이 들기도 하고 '이 말을 이렇게 받아들이네!'라는 황당한 마음이 들기도 한다.

듣는 자의 마음에 의해서 나의 말은 달라진다. 그렇다면 나의 입에서 나오는 말이 의미가 있고 가치가 있도록 하려면, '정직하고 진정성 있는 나의 말'을 하는 것이 가장 좋다.

너를 규정하는 것은 자신을 믿는 마음에서 이루어지는 말과 행동이야!

행동보다 빠른 말은 믿을 수 없고, 행동과 말이 같은 속도이면 믿음이 가고, 행동 후에 하는 말은 신뢰가 생긴다. 그래서 자신을 믿는 사람은 그동안의 경험들에 의해서 행동보다 말을 먼저 꺼내거나 앞서가지 않는다.

자신을 남에게 알리기 위한 말과 행동을 할 때에도 과장 및 거짓된 말과 행동을 하지 않고, 예의에 어긋나지 않는 범위 안에서 직설적인 방법을 사용한다. 왜냐하면 자신을 믿는 마음에서 나오는 말과 행동에는 힘이 있다는 것을 잘 알기 때문이다.

자신을 믿는 사람은 남에게 자신을 알리는 말과 행동을 할 때, 자신에 대해서 다시 생각을 한 후 말과 행동을 한다. 그래서 이 말과 행동은 남에게 자신을 알리는 과정이면서 자신을 알아가는 과정도 된다.

'나' 그리고 '우리' 뭐가 더 중요할까?

'나를 위해서 우리를 희생을 해야 할까? 우리를 위해서 나를 희생해야 할까?' 결국은 '둘 다 중요하다.'라는 결론이 난다. '나'를 위해서 동료, 친구, 선배, 후배 등이 어떻게 되든 신경 쓰지 않고, '나'의 행복과 이익을 위해서 행동을 하면 결국은 외면을 당하여 혼자가 된다. '우리'를 위해서 '나'의 존재를 뒤로 미루다 보면 자존감이 낮아진다.

그래서 '나만 / 우리만'으로 한쪽으로 치우치지 않도록 기본은 '나'를 중심으로 삶을 살다가 다 같이 해야만 좋아지는 상황이 왔을 때 '우리'가 되면 된다.

하지만 '우리'가 되기 위한 방법으로 '따라가는 것이 아니라 협력과 소통을 통하여' 자신의 의지로 '우리' 속으로 들어간다.

만약 외톨이가 되더라도 자신의 선택이라면 존중하며, 나 자신보다 우리가 더 중요하기 때문에 나의 희생 등이 아깝지 않다고 한다면 이 또한 존중한다. '중요하다.'의 가치의 기준은 다 다르기 때문이다.

언어 공부를 해야만
강압적인 언어에서 벗어날 수 있어!

학교, 회사, 모임 등에서 경쟁을 하며 살고 있다. 경쟁에서 살아남기 위해서는 강해야만 하고, 강하다는 표현을 어필하는 방법 중에 많이 사용하는 것이 강압적인 언어 사용이다.

강압적인 언어에는 '정, 따뜻함, 부드러움' 등의 친근한 표현이 없다. 그래서 이 언어에 노출되면 상처를 받기도 하고, 이 언어에 익숙해져서 자신도 모르게 이 언어를 남들에게 사용을 한다.

사람들에게 신뢰, 믿음, 편안함을 주는 방법은 강압적인 언어가 아니라 부드러운 언어와 똑 부러지는 언어 사용이다. 부드러운 언어와 똑 부러지는 언어 공부는 '독서, 독서 모임, 토론, 강연, 포럼' 등을 통하여 공부할 수 있다.

생각, 감정 표현을
편하게 해도 돼!

'괜찮다.', '나만 좀 참으면 모두가 편해진다.', '무조건 오케이.' 등으로 자신의 생각, 감정을 숨기거나 참는다는 것은 자신을 서서히 죽이는 행동이다. 이렇게 말하는 사람들을 보면 언제나 얼굴에 그늘이 있고, 참다가 한 번 터지면 돌이킬 수 없는 상황을 만들어 버린다.

"너 괜찮아? 진짜 괜찮아? 사실 너 안 괜찮잖아!"라고 말을 하면 대부분 "사실 제가요···."라는 말로 시작을 하여 그동안 쌓였던 감정과 생각들을 정신없이 표현한다.

우리가 모든 생각과 감정을 다 표현하며 살 수는 없지만, 얼굴에 그늘이 생기지 않을 정도의 생각과 감정을 표현한다고 해서, 불이익(손해, 민폐, 이미지 손상 등)이 생기지는 않는다.

생각과 감정을 참고 쌓다 보니까 자신에게 최면을 걸어서 허상을 만드는 경우도 흔하다. 그리고 상대방(회사, 상사, 동료, 대상, 집단 등)은 생각했던 것만큼 대단하지 않으며, 자신에게 별 관심이 없다. 그러니까 자신의 생각, 감정 표현을 해도 되고, 해야만 자신이 행복하게 살 수 있다.

어른이 되어도
자신에게 솔직하면 되는 거야!

남들의 시선과 생각을 무시할 수는 없다. 하지만 남들을 너무 신경 써서 '자신이 남보다 앞에 있어야 하는데 뒤에 있으면 자신의 삶을 사는 것이 아니라 남을 위해 사는 삶이 되는 것이다.'

어릴 때를 생각을 해 보면, 이때는 잘하는 장기를 가족 및 친척, 친구 등에게 잘 보여 주었고, 좋아하는 것을 하면 신나게 했었고, 친구와 싸웠어도 다음 날이면 그 친구와 웃으며 지냈다.

어른이 되어 갈수록 잘한 것을 남에게 보이거나 말을 하면 상대방이 '잘난 척한다.'라고 생각할까 봐 표현을 하지 않고, 싸운 사람과 다음 날 웃으며 커피를 마시면 '주책맞다.'라는 말을 들을까 봐 행동하지 않고, 갈등이 생기면 '자신부터 몰아세우는' 등의 행동으로 자신을 힘들게 한다. 자신을 몰아세우며, 힘들게 하면서까지 남을 위해서 살 필요는 없다.

보이는 만큼만 알려고 하면 되고,
보이는 만큼만 판단하면 돼!

같은 뜻을 말해 주는데, 어떤 사람은 감싸 주는 느낌이 들어서 편하고, 어떤 사람은 찌르는 느낌이 들어서 불편하다. 저자도 한때는 찌르는 느낌을 주는 불편한 사람이었고, 현재는 감싸 주는 느낌을 주는 편한 사람이 되었다. 그때는 '내 말이 다 맞는 말이고 내 판단이 다 맞다.'라는 오만한 생각을 가지고 있었다.

지금은 '나보다 더 많이 공부한 연구원들도 아는 것보다 모르는 것이 더 많다고 표현을 하는데, 나는 다 안다고 했으니, 참 어리석었다.'라는 깨달음을 얻은 후부터는 아주 조심스럽게 판단했다.

세상에는 말로 표현하기도 어렵고, 이해하기도 어려운 '미스터리'가 많듯이 사람의 마음도 '미스터리'라고 생각을 하니 함부로 판단할 수 있는 것이 없다는 것을 알게 되었다.

네가 생각하고 행동한 것이 옳은 것이 아니라는 것을 인정하는 것이 가장 빠른 방법이야!

지금까지 쓴 돈, 포기한 것, 지인들의 비난 등을 버티고 한 행동이고 결정이기에 아깝게 생각하는 것도 안다. 그동안 한 행동들을 다 뒤집은 행동으로 받아야 할 비난, 조롱 등의 수치심을 감당할 자신이 없다는 것도 안다.

'아까운 마음, 비난 및 조롱에 대한 두려움' 등에 의해서 생겨난 잘못된 집착으로 다른 사람들에게 '자신의 생각이 옳다.'라고 설명하고 설득하는 행동은 '앞으로의 인생도 지금처럼 망치겠다.'라는 것과 같다.

너의 생각과 행동에 동조해 주는 사람이 있다고 해도 '잘못된 생각과 행동이 옳은 것이 아니라 옳은 것처럼 느껴지는 것'뿐이다.

크게 한번 깨지고 다시 처음부터 하나하나 올라가기 시작하면 사람들이 모일 것이고, 그때의 일은 아픈 상처이자 아픈 추억이자 교훈이 된다.

'공정하지 않고, 한쪽으로 치우친 생각'에 빠지면 자신만 힘들어지는 거야!

감정이 있기 때문에 편견 없이 판단하고 인정한다는 것이 쉬운 것은 아니다. 자신의 목적을 달성하기 위해서, 좋은 인간관계를 만들고 유지하기 위해서는 있는 그대로의 모습을 볼 줄 알아야 하며, 시기 질투를 긍정적으로 하여 인정할 것은 바르게 인정을 해야 한다.

"잘 했으면 잘 했다. 다른 것은 다르다. 틀렸으면 틀렸다. 이것은 잘 모르겠으니 생각을 해 보겠다." 등으로 인정하고 받아들이면, 상대방도 좋고 자신도 반성, 성장 등을 할 수 있는 계기가 된다.

하지만 편견에 빠지게 되면 자신이 듣기 좋은 말만 들으려고 하고, 싫은 말은 듣지 않으려고 하고, 사람의 전체를 보지 않고 좋은 점 및 안 좋은 점만 본다.

트라우마는 조심은 하되
피해 가려고 하면 안 되는 거야!

제대로 된 상처 치료를 하지 않아서 덜 아문 상처가 트라우마이다. 트라우마를 건드리면 '기억하고 싶지 않아서, 빨리 벗어나고 싶어서, 두려워서' 등의 이성적인 감정보다 감정적인 감정이 더 높아진다. 그래서 억지를 부리거나, 유지한 행농을 하거나, 짜증을 내거나, 우울한 표정을 짓거나 등으로 표현을 한다.

트라우마도 자신의 일부분이며, 이것을 계속해서 외면을 할수록 자신을 제대로 알 수 있는 날이 점점 미뤄지는 것이다. 혼자서 트라우마를 이겨 내거나 다스릴 수 없다면, 전문가(라이프 코칭, 신경정신과 전문의 등)의 도움을 받아서 트라우마를 극복한다.

그리고 대화를 할 때 상대방이 순간적으로 긴장을 하거나, 두려워하거나, 짜증을 내거나, 억지를 부리는 등의 감정적인 행동이 보이거나 행동을 할 경우에는 '지금 내가 한 말이 이 사람의 트라우마일 수도 있다.'라고 판단을 하고 대화를 조심히 이어 나가야 한다.

비교만 하면 좋아하는 것이
열등감으로 바뀌는 거야!

남과 비교하는 것이 잘못된 행동이 아니다. 비교를 해서 부러운 마음을 가지는 것은 당연한 것이고, 여기서 끝나는 것이 아니라 '나와 다른 점이 무엇이지? 어떻게 해서 이 정도의 위치까지 올라갔지?'에 대해서 공부를 하면 자신이 좋아하는 것을 더 열심히 하게 된다.

하지만 '나와 나이가 같은데….', '나보다 나이가 어린데….', '나보다 사는 환경이 좋으니까….', '나보다 타고난 것이 좋으니까….' 등으로 비교만 하면 자신이 좋아하는 것에 대해서 열등감을 느끼게 된다. 그리고 열등감이 쌓이고 쌓이다 보면 '나 같은 사람이 이것을…?', '나 까짓게….'라는 표현으로 자신이 좋아하는 것을 부정하게 된다.

너만 잘났어?
다른 사람들도 잘났어!

사람들은 다들 자신의 영역이 있으며 이 안에서 잘난 맛을 즐기며 산다. 자신과 같은 영역 안에도 다양한 사람들이 있고, 같은 영역 속에 있지만 잘난 맛을 즐기는 방법은 다양하다.

다양한 잘난 맛들에서 자신의 것만 잘난 것이고 그 외 사람들의 잘난 맛들은 잘난 맛이 아니라고 말하며 행동할수록 점점 외면을 받는다. 결국 외톨이가 된다.

혼자 잘났다고 생각을 하고 행동을 하면 상처를 받고, 다른 사람들의 잘난 맛들도 잘났다고 생각과 행동을 하면 공유, 상승, 위로 등의 긍정적인 삶이 된다.

네가 선택한 사람에게 거절을 당했다고
기분 나빠하지 마!

네가 선택할 자유가 있듯이, 그 사람이 거절할 자유도 있는 것이다. 네가 열정으로 선택을 했듯이, 그 사람도 자신의 열정으로 거절을 한 것이다. 네가 선택을 했고 그 사람이 거절을 해서 네가 기분이 나쁘다고 표현을 하고, 또 이 나쁜 기분이 금방 사라지지 않는다면 너는 그만큼 자존감이 낮은 것이다. 자존감이 높은 사람은 '거절이 아프기는 하지만, 그 사람은 그럴 만한 자격이 있다.'라고 생각을 한다.

가까워지고 싶으면
옳지 않아도 받아 주는 거야!

　범죄만 아니면, 자신의 기준에 옳지 않은 것이라도 상황에 따라서 받아 주는 것이 인간관계를 가깝게 만든다. "옳은 말만 하니까 좋은 사람인 것은 알겠지만 좀 부담스럽고 불편해서 가까이 하기에는 어려움이 있어."라는 말을 전해 듣는 경우가 있거나 우연히 들을 수 있다. '나는 잘못한 것이 없는데, 거리를 두니까.'처럼 억울한 마음이 들거나, 허탈한 마음이 들기도 한다. 그래서 상황에 따라서 옳은 말의 강도를 조절할 줄 알아야 인간관계가 가까워진다는 것을 분명히 알아야 한다.

시간이 남아돌아서
나에게 온 것이 아니야!

후배, 지인, 동료, 선배, 친구 등이 뜬금없이 전화를 하고 약속을 하거나, 내가 어디에 있는지 알기 때문에 그냥 나에게 온다. 그리고 나와 이야기를 나눈다. 내게 와서 자신의 이야기를 하고, 난 조용히 잘 들어준다. 이야기가 끝났을 때 나는 "이렇게 말해 주니까 고맙네!"라고 말을 한 후 이야기에 대한 나의 생각(조언, 다독거림 등)을 표현한다.

간혹 "이렇게 말해 주니까 고맙네!"라고 했을 때 "내가 고맙지! 네가 왜 고마운 건데?"라고 물어보기도 한다. "바쁘게 사는 현대인들이 시간을 만들어서 찾아오는 것은 쉬운 것이 아니잖아. 마음은 있어도 상황에 의해서 못 가는 경우도 많잖아. 시간을 만들어서 오고, 자신의 마음을 이야기를 해 준다는 것은 그만큼 나의 존재를 믿고, 편하고, 신뢰한다는 것이잖아. 그니까 나도 고맙지."라고 대답을 한다.

2장

배움

친절보다는 실력이야!

실력이 좋으면서 친절하면 서비스 만족도가 높아진다. 실력이 부족하면서 친절만 하면 "사람만 좋아."라고 하면서 예의상 서비스 만족도를 중간 정도만 주며 지인 등에게 소개해 주지 않는다. 실력이 좋으면서 무뚝뚝, 차가운(최소한의 예의는 지킴) 등의 행동을 하면 서비스 만족도는 중간 또는 중간 이상만 주며 지인 등에게 "좀 무뚝뚝하지만 실력은 인정해."라고 하면서 소개시켜 준다.

서비스 만족도를 높이는 최고의 방법은 '실력과 친절'이 합쳐진 것이겠지만, 둘 중에 하나만 선택을 해야 한다면 '실력'이다. 간혹 "성격은 진짜 내 마음에 들지 않는데 실력은 정말 좋아서 어쩔 수 없이 일을 의뢰하는 거야."라고 표현을 하기도 한다. 그래서 꾸준히 공부(이론 / 실기)를 열심히 해야 한다.

기본 위에 응용이 있는 거지!
결국은 기본으로 돌아가는 거야!

기본을 어느 정도 익히면 하는 말이 "특별한 것 없어? 더 효율적인 방법은 없어?"라는 말을 한다. 기본을 섬세하게 익히려는 생각보다는 '기본은 충분히 알았기 때문에 좀 질리니까 새로운 것을 익히고 싶어.'라는 생각을 많이 한다.

그래서 기본을 더 이상 하지 않거나, 기본을 소홀히 하면서 응용된 방법만 하다가 어느 순간부터 응용된 방법에서 자신이 편한 방법으로 바뀌어져 있다.

응용된 방법을 사용하더라도 기본에 대한 복습을 꾸준히 해야만 잘못된 응용 방법이나 편한 방법으로 변하지 않게 된다. 그리고 기본은 섬세하면 섬세할수록, 초보자가 익히는 기본이 아니라 고급자가 가지는 강력한 무기가 된다.

관점이 바뀌면
다시 초보자가 되는 거야!

잘못된 것을 알았고, 이해가 되었고, 깨달음을 얻었을 때 관점이 바뀌게 된다. 바뀐 관점에 의해서 전에 했었던 것을 수정하고 새롭게 시작하려고 노력한다. 그동안 몸과 마음에 배어져 있는 것이 하루아침에 바뀌는 것이 아니기 때문에 서툴고 실수를 한다. 새로운 관점에 맞게 자신을 바꾸는 과정은 당연히 시간이 걸린다.

롤 모델을 '남'으로 정하지 말고
'나'로 정해야 해!

롤 모델을 설정할 때 대부분의 사람들이 '자신'이 아니라 자신이 하고 있는 분야에서 최고의 자리에 있는 사람을 롤 모델로 설정을 한다. 최고의 자리에 있는 사람처럼 되기 위해서 노력하지만, 노력을 한 만큼 가까워지는 것이 아니라 그대로이거나 멀어지는 것에 힘들어한다.

롤 모델로 인하여 희망보다는 좌절을 더 많이 경험을 한다는 것을 알게 되었을 때, 롤 모델을 남이 아니라 자신으로 설정을 하도록 했다. 그래서 롤 모델은 '나'이고 롤 모델을 성장시키는 사람도 '나'이기에 있는 그대로 받아들일 수 있고, 남과 같아지려는 노력을 할 필요가 없고, 나를 평가할 필요도 없게 된다.

자신이 하고 있는 분야에서 더 재밌게 즐기기 위해서 도전하고 노력하다 보면 자신도 모르게 상위권에 있게 된다. 나와 롤 모델은 다르기 때문에 같아질 수 없고, 과정이 같다고 해서 결과도 같다는 것은 아니라는 것을 분명히 알아야 한다.

객관적으로 열심히 해야지!

"열심히 하는데 발전이 없다.", "열심히 하는데 안 되는 것 보면 나는 재능이 없는 것 같다.", "열심히 하는 것에 비해서 발전이 늦다.", "열심히 하는지 안 하는지 모르겠다." 등으로 열심히 하고 있다는 말을 할 뿐, 열심히 하고 있다는 '일지' 등의 객관적인 자료를 제시하는 경우는 거의 없었다.

'일지' 등의 기록이 없다면 열심히 한다는 것은 자신의 기분에 의해서 달라지는 것이다. 기분이 좋으면 잘한 것 같은 기분이 많이 들고, 기분이 안 좋으면 잘 못한 것 같은 기분이 든다. 좋은 기분, 안 좋은 기분의 감이 어느 정도 맞기는 하지만 절대적인 것은 아니다.

기분이 좋았지만 잘 못한 경우도 있고, 기분은 안 좋았지만 잘한 경우도 있다. 그래서 '일지' 등의 객관적인 관점으로 '현재 하고 있는 것이 잘하고 있는 것인지? 아닌지?' 등을 파악하는 것이 중요하다

단점을 알게 되었으면 단점을 신속하게 고쳐야만 성장이 되는 거야!

자신의 깨달음에 의해서, 남의 도움 등으로 자신의 단점을 알게 되었다. 보통, 단점의 크기가 크면 신속하게 단점을 보완하려고 노력을 하지만, 단점이 작으면 신속하게 단점을 보완하려고 노력하기보디는 미루어 버린다. 미루다가 까먹어서 단점을 보완하지 못하는 경우도 있고, 계속 미루기만 하는 경우도 있다.

작은 단점이라도 알게 되었으면 신속하게 보완하려고 노력을 해야만 성장의 완성도를 높일 수 있다. 그리고 "작은 돌에 걸려 넘어진다.", "작은 차이에 의해서 명품이 되거나 상품이 된다.", "0.01초에 의해서 순위가 바뀐다." 등의 말이 있듯이 작은 단점이 결코 작은 단점이 아니라는 것을 확실히 알아야 한다.

반칙을 사용했는데도 결과물이 좋지 않다면 기본기가 부족한 거야!

반칙은 걸리면 반칙이고, 안 걸리면 고급기술이다. 하지만 반칙도 기본기가 좋은 상태에서 반칙을 해야 좋은 결과를 얻을 수 있다.

기본기가 좋지 않은 상태에서 반칙을 사용하면, 어느 정도까지는 올라갈 수 있지만, 한계 지점에서 더 이상 올라가고 싶어도 올라갈 수 없다.

이 부분부터는 반칙이 아니라 기본기가 좋아야만 올라갈 수 있기 때문이다.

또한 기본기가 좋은 사람보다 결과물이 안 좋은 경우도 있다.

그래서 기본기가 좋은 사람보다 결과물이 안 좋거나, 결과물이 비슷비슷하면 정말 창피해야 할 일이다.

반칙을 사용하고 안 하고가 중요한 것이 아니라, 반칙을 '보조'로 사용하는가? '주'로 사용하는가가 더 중요하다.

자신에게 사용하는 시간을
아까워하지 마!

"네가 좋아하는 음식은?", "직접 해 먹을 수 있는 음식은?", "좋아하는 음악은?", "좋아하는 공간은?", "집안의 물건들이 어디에 있는지? 그리고 사용할 줄은 알아?", "싫어하는 것 등에 대해서는 잘 모르면서 남들 것은 잘 아는 자신이 불쌍하다고 생각이 들지 않니?"라는 말에 슬픈 표정을 지었다.

인기를 유지 및 늘리기 위해서, 돈을 더 잘 벌기 위해서 등으로 자신에 대한 공부보다는 남에 대한 공부를 많이 한다. 당연히 먹고살기 위해서 등으로 남에 대한 공부를 하는 것은 당연한 것이지만, 그렇다고 자신에 대한 공부를 하지 말라는 것은 아니다. 자신에 대한 공부를 하면서 남에 대한 공부를 해야만 자존감을 만들고 유지할 수 있다.

싫으면 하지 말고,
아닌 것 같은 느낌이 계속 들면 하지 마!

좋아하는 일도 가끔은 싫을 때가 있고, 잠시 쉬고 싶을 때도 있다. 그런데 싫은 일을 참고 한다는 것과 어느 순간부터 아닌 것 같은 느낌이 계속 드는 일을 참고 하는 것은 바보 같은 행동이다.

남들의 "끈기가 없다. 이럴 줄 알았다. 실패했다." 등의 부정적인 말을 듣고 싶지 않아서 참고 일을 하는 것은 자신의 에너지와 시간을 낭비하는 행동이다. 남의 시선보다 자신의 시선이 더 중요하다. 그래서 낭비되는 에너지와 시간을 효율적으로 사용하는 방법은 싫은 일, 아닌 것 같은 느낌이 계속 드는 일을 그만두고, 새로운 일을 찾아보는 것이다.

우리가 했던 경험들 중에서 '이 일이 정말 나에게 맞을 것 같은 생각이 들어서 진행을 해 봤더니 생각보다 맞지 않았던 경험.', '이 일은 나에게 맞지 않은 것 같은데 및 별로 하고 싶은 일은 아닌 것 같은데 막상 해 보니 재미가 있어서 더 하고 싶은 경험.'이 있다.

나에게 맞는 일을 찾는 과정에서 일을 했다가 그만두었다가 그만두고의 반복은 끈기, 실패 등의 부정적인 말들과 맞지 않는 것이라는 것을 분명히 알아야 한다.

중간에 그만두니까 안 되는 거야!

목적을 이루기 위해서 처음에는 열심히 노력을 한다. 반복되는 것에 지치고, 생각보다 발전이 안 되는 것에 지치고, 참고 다스려야 할 것에 지치는 등으로 지치는 것들에 의해서 포기하고 싶은 마음이 생긴다.

지치는 것들에 의해서 처음에 가졌던 열정은 작아져 있고, 좀 더 쉬운 방법으로 목적을 이루려고 해 봤지만 헛수고만 됐고, 목적을 포기하자니 자신과 남들의 시선이 신경이 쓰인다. 그래서 이런저런 핑계들, 타협들을 붙여서 '안 된다.'라는 표현으로 목적을 포기한다.

목적을 이루는 사람들은 '티끌 모아 태산이 된다.'라는 마음을 가지고 반복, 피드백, 집중을 한다.

진짜 열정이 있다면
고수에게 찾아가서 배워야지!

관심이 가는 것이 있으면 인터넷을 통하여 지식과 지혜를 얻는다. '많은 사람들의 지식과 지혜를 다 검색을 해서 보았고, 따라 하기도 했기 때문에 열정이 높다.'라고 생각을 하는 경우가 있다. 물론 관심이 있는데, 찾아보는 것조차 귀찮아서 "모른다."라고 말하는 사람과 비교를 하면 열정이 높다고 말할 수 있다.

하지만 진짜 열정이 높은 사람은 '작은 차이가 큰 차이'라는 것을 깨달았기 때문에 이 차이를 느끼고 채우기 위해서 인터넷 검색을 통한 간접적인 경험이 아닌 마음에 드는 고수를 검색을 하여 직접적인 경험을 위해서 찾아간다.

일이든 취미든 깊이 빠지면
연애는 힘든 거야!

"일과 연애를 같이 잘할 수 있다."라고 말을 하는 사람은 일이든 취미든 연애든 제대로 해 본 사람이 아니다. 깊이 빠지면 빠질수록 비례하는 것이 이기적인 행동이다. 그래서 일 / 취미에 집중만 할 수 있다면 '남에게 피해를 주더라도 빛 자신이 피해를 입더라도' 감수한다. 연애를 하고 있는 시간에도 머리의 한쪽에서는 일과 취미를 생각하고 있다. 이로 인해서 결국은 헤어지거나 헤어짐을 당해 준다.

너만 부족해?
저 사람도 부족해!

"부족하지만. 부족한 저라도. 부족한 것이 많은데." 등으로 부족한 것이 많다고 말을 꺼내는 사람들(친구, 지인, 후배, 상담 받는 사람 등)에게 "도대체 부족한 것이 무엇인데?"라고 물어보면 딱 부러지게 "뭐가 부족하다."라고 말하지 않고 이것도 부족한 것 같고, 저것도 부족한 것 같고 등으로 '~같고, ~같다.'가 붙여져 있다.

부족한 것이 정확히 무엇인지? 알아야만 채울 수도 있는 거고, 타협을 볼 수 있는 거고, 포기를 할 수도 있는 것이다. 부족한 것을 정확히 모르면서 채우려고 노력해 봤자 헛수고만 하는 것이다.

또한 자신의 노력은 헛수고가 되고, 다른 사람의 노력은 보람이 되는 것을 보면서 상처를 받는다. 부족한 것은 같은데, 나는 못 채우고, 저 사람은 채우는 이유는 '무엇이 부족한지 정확히 알고 있는지 아닌지'에 의해서다.

거친 말, 글, 행동을 하면
너만 아파!

거친 말, 글, 행동을 하며 자신을 표현하고 남을 표현하는 사람들이 있다. 거친 표현을 하는 사람들의 공통되는 부분은 '거친 표현을 통하여 자신의 약한 모습을 감추고 싶고, 잘 풀어지지 않는 현재의 상황을 극복하고 싶은 미움'이다.

거친 표현을 듣는 사람들은 이해는 하지만 자신의 감정이 나빠지는 것을 원하지 않아서 점점 거리를 두려고 한다. 거친 표현보다 예쁜 표현이 사람들에게 호감을 주고, 자신의 마음도 부드러워진다는 것을 알면서도 거친 표현을 사용하는 것은 자신의 비뚤어진 마음이 만든 잘못된 자존심 때문이다. 비뚤어진 마음으로 만든 자존심을 지속하면 할수록 자신은 점점 고립이 된다는 것을 알아야 한다.

제발 쉬운 말로 표현을 하자!

어려운 말을 어쩔 수 없이 쓸 수밖에 없다면 써야 하지만 그것이 아니라면 최대한 쉬운 말로 표현을 해야 한다. 상대방이 알아듣고 이해를 해야 다른 궁금증이 생기는 것이다. 알려 주는 것도 이해를 못하는데 다른 궁금증이 생길 수 없다. 또한 '나! 잘났어요.'라는 마음으로 어려운 단어나 전문용어를 남발하면 정보 전달이 잘 되지 않으며 자신의 이미지를 나쁘게 만든다.

3장

자
존
감

좋은 이미지를 가지고 싶으면 좋은 것은 가까이 두고, 안 좋은 것은 멀리 두어야 해!

현실을 반영한 긍정적인 말과 행동은 좋은 이미지를 만들어 준다. 이미지가 좋은 사람과 친분이 있으면 이 사람에 의해서 자신의 이미지가 좋아진다.

이 반대로 부정적인 말과 행동을 하면 안 좋은 이미지가 만들어지며, 이미지가 나쁜 사람과 친분이 있으면 이 사람에 의해서 자신의 이미지도 안 좋게 된다.

개그맨이 나타나면 사람은 긍정적인 반응을 보이고, 드라마 등에서 악당 역할을 한 배우가 나타나면 부정적인 반응을 보인다. 이렇게 연결만으로도 자신의 이미지가 달라진다.

남의 생각 말고, 너의 생각을 말해야
네 인생이 되는 거야!

　경험을 통하여 만든 지식과 지혜에 자신이 있는 사람은 자신의 말을 '주'로 사용하고 남의 지식과 지혜는 사용하지 않거나 '보조'로 사용한다. 화려한 말이 아니더라도 자신의 말을 하는 사람에게는 진정성이 느껴지기 때문에 사람들이 공감을 한다.

　자신의 말을 하지 않고 남의 지식과 지혜를 자신의 것처럼 말을 하는 사람은 자기 자신에게 자신이 없기 때문이다. 그래서 이미 검증이 끝난 남의 말들을 자신의 말처럼 표현을 한다. 검증이 끝난 말이기 때문에 멋있게 포장을 해도 신뢰도는 떨어지지 않는다. 하지만 진정성이 부족하기 때문에 많은 공감을 받을 수 없다.

남의 자부심이
너의 자부심이 되는 것은 아니야!

자부심을 가지고 싶다면 열심히, 꾸준히 노력하여 좋은 결과물들을 만들어 내는 방법밖에 없다. 이 방법은 누구나 다 아는 것이지만, 이것을 바탕으로 좋은 결과물까지 가는 사람은 많지 않다. 대부분 중간에 포기를 하며 '했다.'에 의미를 두면서 핑계를 만들고, 실패한 결과물을 피드백을 하여 다시 도전을 하는 것이 아니라, 이런저런 핑계를 만들면서 마무리한다.

이러면서 친한 지인들 등이 좋은 결과물들을 만들고 명예 등이 높아지는 것을 부러워하는 마음을 가진다. 부러운 마음이 생기면 다시 도전을 하여 자신도 지인들처럼 같은 위치로 올라가면 된다.

그런데 이 과정이 힘들다는 것을 알기에 도전을 하지 않고, 지인들이 가진 명예 등을 같이 사용하려는 행동을 한다. 지인들은 친한 사이이니까, 흠이 가지 않는 범위 안에서는 자신의 명예 등을 이용해도 신경을 쓰지 않는다. 지인들의 명예 등을 쓰다가 어느새 이 명예 등을 자신의 것으로 착각을 하여 실수를 한다.

또한 재능이 있는 지인 등을 도와주어서 지인 등이 성공을 했다고 해서, 그 성공이 자신의 것이 될 수 없다. 도와 준 것은 맞지만, 노력 등을 하여 성공한 사람은 자신이 아니라 지인 등이기 때문에, 도와 준 부분에 대해서만 존중을 받을 수 있을 뿐이다.

남들이 했거나, 하고 있다고 해서
너도 꼭 해야 할 필요는 없는 거야!

자신이 진지하게 생각을 하고 판단 후 결정을 해서 '남들처럼 사는 삶'을 선택한 거라면 즐겁게 살 수 있다. 하지만 스스로 결정을 한 것이 아니라 '남들처럼 살아 봐야지. 남들도 했는데. 남들도 하고 있네.' 등으로 부추기는 말이나 권유로 '남들처럼 사는 삶'을 살면 즐거운 삶을 살 수 없다. '나도 남들처럼 평범하게 산다.'라는 편한 마음은 생기겠지만, 원하는 삶이 아니기 때문에 불편한 마음도 같이 존재한다.

남들처럼 행동하고 남들처럼 살고 있다면 자신에게 '너 편한 것 말고 행복하니?'라고 질문을 하고 마음의 소리를 확인을 해 봐야 한다. 마음의 소리에서 '행복하지 않다.', '나쁘지는 않지만 즐겁지도 않다.' 등의 부정적인 말이 들려오면 남들과 비슷해지려고 노력할 필요가 없다. 용기를 내서 자신이 살고 싶은 삶을 살도록 노력하고, 여기에서 행복을 찾고 느끼면 된다.

고정 관념(일반적인 기준)은 시대에 따라서 변하는 거야!

시대는 빠르게 발달하고 변화하고 있는데, 자신은 시대의 흐름에 맞지 않게 행동을 하고 있다면 대화 및 소통을 할 수 없다. 과거의 고정 관념 중에 하나가 '비싸면 품질이 좋다.', '싸고 좋은 것은 없다.'였다.

현재(코로나 바이러스 시기)의 고정 관념 중에 하나가 '노브랜드도 품질이 좋다.'이다. 이렇게 고정 관념은 시대에 따라서 변하고 있다. 지인, 친구, 동료 등이 변했다고 투정을 부리기 전에 자신은 지금을 살고 있는지, 과거에 살고 있는지를 살펴봐야 할 부분이다.

외모가 다는 아니지만
외모는 최소 50%는 차지해!

　　호감이 생기는 사람, 물건 등을 보면 겉모습이 "멋있다 및 예쁘다."로 표현이 된다. 같은 특징을 가졌고, 같은 기능을 가졌어도 호감이 가는 스타일이 더 인기가 높다. 설령 가격이 좀 더 비싸더라도 호감이 가는 스타일을 신택한다. 특징과 기능이 조금 떨어져도, 사용하는 데 크게 불편하지 않으면 호감이 가는 스타일을 선택을 한다. 범죄자도 멋있거나 예쁘면 팬클럽이 생기는 것이 현대 사회의 모습이다. 그래서 외모는 당당히 겨룰 수 있는 기본 조건이자 무기이다.

아부는 윤활제야!

인공지능 기기가 사람을 선택을 하는 것이 아니라 사람이 사람을 선택을 한다. 사람은 감정을 가지고 있고, 아무리 감정을 다스리고 사람을 선택을 한다고 해도, 감정이 들어갈 수밖에 없다.

같은 실력 또는 비슷한 실력이면 나에게 친근하게 한 사람을 선택을 한다. 왜냐하면 실력이 같거나 비슷하기 때문에 누구를 선택을 해도 상위기관 등에서 징계 등의 처벌을 하지 않기 때문이다. 그리고 아부의 말을 듣는 사람은 '아부'라는 것을 알지만 기분이 좋아지기 때문에 아부를 받아 준다. 자신의 기분을 좋게 해 준 사람을 긍정적으로 대하는 것은 당연한 행동이다.

아무리 실력이 있어도 자신의 실력을 보일 수 있는 공간이 없다면 자신의 실력은 있으나 마나 한 것이 된다. 마지막으로 아부는 나보다 강한 자에게 하는 행동이기 때문에 자존심이 상할 필요도 없다.

갈등을 좋아하는 사람은 없어!

자신의 위치를 유지하기 위해서 '자신의 역할을 제대로 하지 않으면서, 정확하게 지적해야 할 부분을 넘기는 행동' 등으로 갈등을 회피하는 것은 지금 당장은 좋을지 모르겠지만, 시간이 조금 지나면 후회하게 된다.

대화, 협상, 타협을 하여 갈등이 없거나, 적게 하여 일을 마무리하는 것이 가장 좋지만, 일을 제대로 마무리하기 위해서 갈등이 생길 수밖에 없다면 갈등을 안고 진행을 해야 한다.

이 갈등이 자신의 이익을 위해서가 아니라, 남(회사, 동료, 친구, 지인 등)을 위해서 하는 것이라면 겁먹을 필요 없이 자신의 소신대로 밀어붙여도 된다.

'실수를 덜 하기 위해서, 올바른 행동을 위해서'
조회 수가 높고, 좋아요 수가 많고, 인기인 등이
하는 말과 행동을 무조건 따라 하다 보면
자신의 생각과 판단이 없어지는 거야!

대부분 잘 몰라서 어쩔 줄 모르는 상황에서 제일 많이 하는 행동 중에 하나가 남들이 하는 것을 따라 하는 행동이다. 많은 사람들이 '이 행동을 한다.'라는 것은 올바른 행동이며 실수를 덜 할 수 있는 방법이라고 생각하기 때문이다.

그래서 시간을 줄이고 신속한 결정을 위해서 조회 수가 높은 것, 좋아요 수가 많은 것, 유명 인기인이 하는 말 등은 살펴보지 않고 그대로 받아들이고 결정을 한다.

이 행동이 크게 잘못되었다는 것은 아니다. 단지 자신의 생각을 기준으로 그들의 행동과 결정을 살펴보지 않고 결정을 지속적으로 하게 되면, 결국은 '끌려다니는 사람이 된다.'라는 것이다.

아는 척하지 말고 모르면 모른다고 해!
그래야 성장할 기회가 생기는 거야!

'아는 척'이라는 것은 모르는 것을 아는 척하는 경우도 있고, 정확히는 모르고, 대충 아는 것을 아주 잘 아는 것처럼 표현하는 경우도 있다. 중요한 것은 '아는 척'이라는 것은 '모른다.'와 같은 의미이다.

아는 척을 하는 이유는 '결국은 남에게 잘 보이기 위해서'이다. 자신을 위해서라면 아는 척이 아니라 '모른다.'라고 해야 한다. 왜냐하면 '아는 척'을 위해서는 과장된 표현, 거짓된 표현 등으로 말을 만들고 꾸미는 데 많은 신경을 써야 한다.

또한 '아는 척'을 계속하다 보면 최면에 빠져서 진짜 아는 줄 알고 아는 척한 것에 대해서 공부를 하지 않는다. '모른다. 대충은 안다. 잘 모르겠다.' 등으로 솔직하게 표현을 하면, 배울 수 있는 기회가 생기는 것이다.

그리고 쓸데없는 에너지를 쓸 필요도 없다. 모르는 것을 모른다고 표현을 하면 공부를 할 수 있는 기회가 생기고, 정확히 알 수 있는 기회가 생긴다. 무엇보다 자기 자신을 속이지 않는 것에 대해서 자존감을 지킬 수 있게 된다.

———

사과를 할 때 이유를 붙이는 것은
사과가 아니라 변명이야!

사람은 불완전한 생명체이기에 조심을 한다고 해도 실수 및 상처를 줄수 있다. 또한 실수 및 상처인지 모르고 있다가 나중에 알게 될 수도 있다.

자신이 잘못해서 상대방에게 상처를 주었다는 것을 알게 되었을 때는 신속하게 정중하게 사과를 하는 것이 바람직한 행동이다.

사과를 할 때는 '자신이 무엇을 잘못했는지? 자신의 잘못으로 상대방에게 어떤 피해를 주었는지? 앞으로 어떻게 할 것인지?'에 대해서만 표현을 해야 한다. 사과를 한다고 하면서 '제가 잘못을 한 것은 맞지만 / 제가 이 부분을 실수한 것이 맞지만 / 실수한 것이 맞습니다. 하지만.' 등의 '~지만 / 하지만' 등으로 이유를 덧붙이는 것은 사과를 하는 것이 아니라, 자신을 보호하려는 변명이다. 피해자는 변명하는 가해자를 보며 또 한번 상처를 받는다.

4장

자
만
/
오
만

좋아하는 강도가 다르니까
남은 하고 너는 못하는 거야!

"나도 열심히 노력하는데, 왜 안 되는 걸까요? / 여기서 그만두어야 할까요?"라는 질문을 하며 자신의 답답함을 표현을 한다. 이렇게 말하는 사람들의 공통점은 '주관적인 관점에서의 노력을 했고, 좋아는 하지만 간절하지 않았다.'이다.

목적을 달성하는 사람들을 보면, 목적을 위해서 많은 것을 자제 및 희생하면서 꾸준히, 간절히, 성실히, 객관적으로 행동을 한다. 간혹 목적을 달성한 사람의 환경과 자신의 환경을 비교해 봤을 때 자신의 환경이 더 좋거나 비슷한데 그 사람은 목적을 이루었고, 자신은 이루지 못했다. 이런 상황에서는 이런저런 핑계를 댈 것이 없다.

실력을 인정받기 시작했을 때
자만과 오만이 생기는 것은 당연한 과정이야!

꾸준히 노력하여 결실을 만들었다. 결실을 만드니 세상을 다 가진 것처럼 기쁘고 행복하다. 또한 그동안 자신에게 관심을 가지지 않거나, 덜 가져 준 사람들이 관심을 보여 준다. 관심받기 위해서 꾸준히 노력한 것은 아니나. 그래도 관심을 많이 받으니 기분이 좋다.

전에는 사람들에게 했던 말과 행동이 먹히지 않았는데, 지금은 같은 말과 행동이 먹히고, 나의 말에 힘이 생겼다는 것을 알게 된다.

이럴 때일수록 '겸손하게 행동하자.'라는 이성적인 생각을 가져 보지만, 이성적인 생각보다는 감정적인 마음이 더 크게 작용하여 본의 아니게 오만한 행동을 하고 자만한 행동한다.

이 행동이 잘못된 것이 아니다. 당연한 행동이다. 그래서 잠깐의 시기 동안에는 이 마음을 즐겨도 괜찮다. 이 즐기는 마음을 그만두어야 할 시기는 사람들의 표정이 살짝 어둡게 바뀌는 시점이다.

물론 이 시점 이전에 자만과 오만한 감정을 즐기는 행동을 끝내는 것이 가장 좋지만, 마지노선이 사람들의 어두운 표정, 짜증나는 표정이 살짝이라도 생겼을 때다. 이 타이밍을 놓치게 되면, 결실이 똥이 된다.

오만과 자만의 행동을 통하여 자신에 대한 사람들의 감정을 알게 되었기 때문에, 이후부터는 결실을 만들어도 가까운 지인 등의 사람이 아니면 자만과 오만의 감정을 표현하지 않는다.

보인다고 해서 알고 있다고 해서
너의 것이 된 것은 아니잖아!

과거에는 지식과 지혜를 몰라서 못하거나, 몰라서 돌아가거나, 어떻게 끝날지 모르는 불안한 상태를 가지거나 등이었다면 현재는 인터넷의 발달로 인하여 알고 싶은 지식과 지혜, 예측 등을 얼마든지 얻을 수 있다.

원하는 정보들을 자주 보고 듣다 보니까, 자신이 '잘할 수 있다.'라는 착각에 빠지는 경우가 많다. 그래서 "알아요. / 본 적 있어요. / 할 줄 알아요." 등의 말을 하며 경력자처럼 행동을 한다.

알고 있다고 해서 잘하는 것이 아니고, 본 적 있다고 해서 쉽게 할 수 있는 것이 아니고, 할 줄 안다고 해서 능숙하게 할 수 있는 것이 아니다.

자만 / 오만한 사람은 "해 봐서 아는데….'라는 말을 하고 성실하게 위로 올라간 사람은 "해 보기는 했어?'라는 말을 한다.

의도적으로 상처를
주려는 사람은 없어!

현대인들은 '개인주의'로 인하여 '상처를 안 주고, 안 받기'의 마음을 가지고 있다. 이 마음 때문에 '난 남(상대방)에게 상처를 주었다고 생각하지 않는다.'라고 생각을 하며 행동을 하고 있지만, 본의 아니게 상처를 주는 말과 행동을 하고 있다.

단지 상대방은 고의로 한 것이 아니라는 것을 알기 때문에 상처가 되는 말이지만 참고 넘어가 준다. 그래서 상처를 준 사람은 자신이 상처를 준 것을 모른다. '나는 남에게 상처를 안 준다.'라는 마음은 오만한 생각이다. '나는 남에게 상처를 안 주려고 조심은 하지만 상처를 줄 수도 있다.'라는 마음을 가져야만 한다.

그래야만 상대방이 자신의 말을 들을 때의 표정, 말의 톤, 행동 등을 파악하여 상처가 되는 말과 표현을 능동적으로 바꾸거나, 덧붙이는 말과 행동을 하여 상처가 되지 않도록 수습을 할 수 있다.

상처가 되는 말을 들을 때 나오는 행동은 '얼굴색이 어두워진다. / 얼굴의 표정이 경직된다. / 욱 하는 행동을 한다. / 예민한 행동을 한다.'이다. 이런 행동이 나왔는데, 그대로 방치하면 상대방은 감정이 터져 버리고, 관계가 나빠지거나 끊어질 수 있다.

"내 탓이야…."라고 말하지 마!

"내 탓이야."라고 말하는 사람들 중에 진짜 '내 탓'인 경우는 적었다. 내 잘못이 아닌데 "내 탓이야."라고 표현을 하는 이유는 '속마음을 감추고 싶어서. / 더 이상 복잡해지는 것이 싫어서. / 더 이상 스트레스를 빈기 싫어서.'이다.

그래서 "내 탓이야."라고 표현을 하며 괜찮은 척을 하지만, 이것은 자신의 마음을 병들게 하는 오만한 행동이다. '어색한 표정과 미소, 눈에 맺힌 눈물을 참는 모습, 포기한 어두운 표정, 자신감이 없는 말의 톤으로 중얼거리듯이 들리는 말소리'인데 마음이 괜찮을 리 없다. 그리고 "내 탓이야."를 하면 할수록 자신의 삶의 질은 떨어진다.

"네 탓 아니야! 편히 말해도 돼."

네가 선택한 사람에게 거절을 당했다고
기분 나빠하지 마!

자신의 선택이 중요하듯이 남들의 선택도 중요하다. 자신이 상대방을 선택했다고 해서, 상대방이 무조건 선택을 받아들일 거라는 생각을 가지면 안 된다. 이 생각을 가지고 있다면 오만한 생각을 가지고 있는 것이다.

오만한 생각을 가진 사람은 상대방이 거절을 하면 나쁜 감정이 생기고, 이 감정이 금방 사라지지 않는다. 오만한 생각을 버리고 '거절될 수도 있다. 하지만 그 사람은 그럴 만한 자격이 있다.'라는 존중의 마음을 가져야 한다.

나만 봐 주는 사람을 소중히 여겨!

성인이 되어 나이를 먹다 보면 여러 가지 일들이 발생하고 이 일들을 해결하기 위해서 노력을 하다 보면 어느새 '자신을 챙기지 못하는 상황' 속에 놓인다.

바쁜 삶 속에서 힘든 일, 안 좋은 일 등의 부정적인 일이 생겼을 때, 이때 자기 자신을 돌아본다. 자신에 대해서 이야기를 해 주는 사람이 없고, 자신에 대해서 말을 하고 싶은 사람이 없다는 것을 알게 되었을 때 허무한 생각을 하게 된다. 성인이 되기 전에는 나만 봐 주는 사람이 있었고, 나의 이야기를 들어 주고, 나에 대해서 말해 주는 사람들이 있었다.

하지만 성인이 되고 일을 하다 보면 마음은 있는데, 행동으로 옮기지 못하여 점점 자신에 대해서 말을 하고 듣는 사람들이 없어진다. 사람은 혼자는 살 수가 없는 동물이기에, 남의 관심, 우정, 사랑으로 살아갈 용기를 얻는다.

남의 관심을 받을 수 없는 사람들이 조금이라도 위안을 얻기 위해서 현재를 잘 버티기 위해서 '사주 / 타로 점집, 라이프코칭(상담) 등'에 찾아간다. 이곳에 있는 시간만큼은 오로지 나에 대해서만 말을 하고 듣기 때문이다.

5장

결정

판단 및 결정에 갈등이 생기면
실력자(상급자, 동료 등)에게 물어봐!

공부를 하여 지식은 많이 알지만, 경험이 부족하여 지혜가 부족하다. 그래서 판단과 결정을 해야 할 시기가 왔을 때 'A를 한 후 B를 해야 할지. / B를 한 후 A를 해야 할지. / 응용을 하여 C로 진행을 해야 할지.' 등에 대해서 혼란을 가지게 된다. 이런 상황이 왔을 때 슬기롭게 해결할 방법은 경험이 풍부한 사람에게 물어보는 것이다. 물어보면 판단과 결정을 신속하게 할 수 있을 정도로는 알려준다.

하지만 물어볼 사람이 있는데도 불구하고 자존심, 자만심, 오만 등의 감정 때문에 물어보지 않고 스스로 하려고 했다가는 자신과 상대방(고객 등)에게 큰 피해가 생길 수 있다. 물어보다 보면 어느 순간부터는 판단 및 결정에 대한 확인만 받고, 좀 더 시간이 흐르면 확인 없이 스스로 판단 및 결정을 한다.

마음이 흔들리는 말은
곧이곧대로 듣지 마!

감정 및 생각의 표현을 '말'로 얼마나 표현할 수 있을까? 상담을 많이 하고, 상담을 잘하기 위해서 전문 서적부터 일반 서적까지 많은 책들을 읽었지만 나는 아직도 나의 감정 및 생각을 '말'로 다 표현하지 못한다.

'말'을 통하여 표현하는 것은 한계가 있다. 전화통화를 하다가 답답함을 느끼면 나오는 말이 "만나서 이야기 하자."이다. 만나서 이야기를 하면 상대방의 표정, 말투, 몸짓 등을 체크할 수 있고, 이것으로 인하여 지금 하고 있는 말이 진짜인지, 가짜인지, 진심이 얼마나 담겨져 있는지 등을 파악할 수 있다. 또한 그래도 답답함이 풀리지 않으면, 그림, 사진, 영상 등을 참고해서 감정 및 생각을 파악하려고 노력을 한다.

좋은 말, 안 좋은 말, 허세가 들어간 말, 비난이 들어간 말, 조언의 말, 상처가 되는 말 등의 말들을 바로 마음으로 받아들이지 말고, 생각을 한 번 이상 해 본 후에 결정을 해야 한다.

나는 간혹 말을 하다가 상대방이 바로 "맞아요. 듣고 보니 맞는 것 같아요. 아니에요. 아닌 것 같아요." 등으로 마음으로 받아들이려고 하면 "아니 한 번은 생각을 해 보고 결정을 해. 나는 완벽한 사람이 아니라 너와 같은 불완전한 사람이니까."라고 말을 하면서 생각을 하도록 권유를 한다.

바로잡고 싶은 생각이 있다면
마음의 깊은 곳에 있는 소리를 들어야 해!

합리화들로 가득 차 있는 상태에서는 자신이 바르게 가는 것인지 아닌지를 모르는 경우가 있다. '이 결정이 맞는 건가? 이 행동이 맞는 건가?'라는 의문이 들 때 자신의 마음 깊은 곳에 있는 소리를 들어야만 가능하다. 흔히 우리는 마음 깊은 곳을 '마음 한곳에 또는 마음 한 구석에.'라고 표현을 한다.

'마음 한곳에' 있는 소리는 거짓도 없고, 합리화된 거품도 없고, 순수한 진실이 담겨져 있다. 순수한 진실, 즉 '이 결정의 초심 및 이 행동의 시작'을 생각하며 "지금 내가 알고 있는 것들을 바탕으로 그때로 돌아가서 결정 및 행동을 한다면 나는 어떤 결정을 할까?"라는 질문을 하고 그 대답을 들으면 된다.

더 이상 생각하고 싶지 않으니까
결정을 빨리하는 거야!

　신중하게 결정을 하는 사람들은 생각의 고통을 다스릴 줄 안다. 하지만 빠른 결정을 하는 사람들은 생각의 고통을 다스릴 줄 모른다.

　해결책을 위한 생각, 해결책을 찾기 위해서 방황하는 고통, 점점 지쳐 가는 마음 등의 여러 가지의 변수들의 생각을 하다 보니, 이 상황들이 힘들어서 빨리 결정을 해 버린다. 잘못된 결정이 되더라도 결정을 한다. 결정이 되면 더 이상의 생각을 할 필요가 없고, 결정된 것을 진행을 하면 되므로 편안함을 느끼게 된다.

　하지만 이 편안함은 일시적인 편안함이고 결정된 것을 진행하기 위해서 억지로 껴 맞추는 행동에서 정신적 육체적 고통을 느끼게 된다. '결정을 신속하게 한다.'라는 것은 신중한 생각의 과정을 빠르게 한다는 것을 의미하는 거지, 생각의 고통을 피하고 싶어서는 아니다.

외부적인 유혹은 있었지만 자기 스스로
결정을 한 것이라면 "내 탓이오."가 맞는 거야!

'강한 압력, 협박, 큰 보상' 등으로 한 행동에 대해서는 "내 탓이오."라고
말하기 어렵다. 이런 상황에서는 누구나 흔들릴 수 있고, 누구나 자신의
의지와 다른 결정을 할 수 있기 때문이다. 하지만 '유혹, 설득, 작은 보상'
등은 자신의 의지를 흔들 만큼의 자극이 아니기 때문에, 이 행동에 대해
서는 "내 탓이오."가 맞다.

포기도 용기야!

그동안의 노력, 시간, 돈 등으로 해 왔던 것을 포기하는 것이 쉽지 않다. 그래서 어떻게든 지금하고 있는 것을 이어 가기 위해서 노력을 해 보지만, 좋아지지 않고, 그럼에도 불구하고 미련 때문에 포기를 하지 못한다.

이런 상황에서는 의욕도 떨어져 있고, 생각도 부정적이어서 '다른 것을 한다고 해서 좋아질 것 같지도 않고, 지금의 것을 버티면 어떻게든 될 것이다.'라는 생각으로 그냥 버티고 있다. 이렇게 버티다가는 열정과 의욕이 거의 다 사라지게 되어, 포기를 하고 싶어도 할 수 없는 상황이 된다.

아무리 생각을 해도 정말 아닌 거라면, 빨리 포기를 하는 것이 현명한 방법이다. 포기를 한다고 해서 끝이 난 것이 아니라, 기회를 얻는 것이 된다.

6장

결과

진심으로 좋아하고, 꾸준히 노력을 해서
타고난 사람이 된 거야!

　자신이 하고 있는 분야에서 최고의 위치에 있는 사람, 상위권에 있는 사람을 "타고난 사람이니까!"라는 말을 하며 타협을 하거나 "나는 죽어라 열심히 했는데도 타고난 사람들처럼 되지 않는구나."라고 시기한다.

　그리고 자신의 아래에 있는 사람이라고 생각했던 사람이 자신의 위치까지 올라온 것을 보고 '질투'를 한다. 정말 극소수의 사람들을 빼고는 우리들이 말하는 '타고난 사람'은 진심을 담아 꾸준히 노력을 한 우리들과 같은 사람이다. "목숨 걸었습니다."라고 말하는 사람들 중 대부분이 간절함이 없었고, 끈기가 없었고, 핑계만 만드는 것에 바빴다.

발전을 하고 싶다면 최상위급이 아니라
비슷한 급으로 해야 열정이 더 높아지는 거야!

앞에서 롤 모델은 '남이 아니라 자신이 되어야만 한다.'라고 했다. 하지만 아직 자기 자신에게는 믿음이 부족하기 때문에 자신의 힘으로 스스로 열정을 내기 어려울 경우에는 남을 롤 모델로 설정을 한다.

롤 모델을 앞에서도 언급을 했지만 최상위급으로 설정을 했을 경우에는 열정보다는 좌절감을 더 느낀다. 그래서 남을 롤 모델로 선택을 할 경우 '한 단계 높은 급'으로 한다. 롤 모델과 동급이 되었거나, 좀 더 높아진 상황에서는 다시 자신보다 '한 단계 위'의 사람을 설정을 한다. 이렇게 한 단계 한 단계 올라가다 보면 자신도 정상의 위치에 있게 되고 롤 모델이 남이 아닌 자신이 되는 시기가 온다.

의지를 높이는 방법은
공식화시키는 거야!

    나만 알고, 남은 모르는 계약, 약속 등은 얼마든지 쉽게 취소를 하거나 미룰 수 있다.

    하지만 나 이외에도 남들이 알고 있다면 자신의 체면 때문에 계획, 일 등에 대해서 쉽게 취소를 하거나 미룰 수 없다. '금연을 하는 것을 지인들이 알고 있다면, 다이어트를 한다는 것을 지인들이 알고 있다면, 지인들 앞에서 ○○일을 하겠다고 선언을 하면' 등으로 공식화를 만들면 자신의 체면 때문에 지키려고 노력을 한다.

착각은 상황에 의해서
달라지는 거야!

같은 사물을 다르게 보는 것은 상황에 의해서다. 기분이 좋을 때 A라는 물건을 보았을 때는 좋게만 보였지만, 기분이 나쁠 때 A라는 물건을 보았을 때는 안 좋은 부분만이 크게 보인다. 그리고 A라는 물건의 가격을 보기 전에 A보나 비싼 물건을 본 후 A를 보면 적당한 가격 및 싼 가격이라고 생각이 들고, 싼 물건을 본 후 A라는 물건을 보면 A가 비싸게 느껴진다.

사람을 보는 관점에서도 연예인 등 멋있거나 예쁜 사람을 본 후 친구를 보면 순간적으로 친구가 못생긴 사람으로 느껴진다. 그래서 착각은 자신이 현재 노출된 상황 및 현재의 감정의 상황에 의해서 판단이 달라진다. 착각을 덜 하는 방법은 전에 보았던 것을 이성적으로 정리를 하고, 현재의 자신의 상태(정신, 육체, 금전 등)를 파악하여 판단 및 결정을 한다.

좀 쉬어! 쉬지 않으면 너는 결국
양날의 검으로 변해!

열정은 성장을 시키는 원동력이다. 하지만 쉼표가 없는 열정은 자신에게 상처를 주고 남에게도 상처를 주는 양날의 검이 된다. 여유로운 사람도, 많이 배운 사람도 쉼이 없이 활동을 하면 점점 예민해지고 결국은 표현하는 말과 행동이 날카롭게 된다. 잊지 말아야 할 것은 잠시 쉼표를 찍는다고 해서 나의 세상이 변하거나 이 세상이 변하지 않는다는 것이다. 그러니 불안한 마음을 가지지 말고 푹 쉬며 충전해도 된다.

힘이 있기에 뒷소리를 하지 않고,
앞에서 하는 거야!

　뒷소리를 하는 사람들은 대부분, 스스로 일을 조율, 타협, 주도권 잡기를 할 수 있는 입장이 아니라, 끌려가야 하는 힘없는 입장이다. 그래서 뒤에서만 짜증, 불만 등을 표현하면서 스트레스를 푼다.

　힘이 있는 사람은 조율, 타협, 주도권 잡기 등으로 자신이 처리할 수 있는 일이기 때문에 뒷소리를 하지 않고 앞에서 표현하고 싶은 말을 편하게 한다. 힘없는 사람이 하는 뒷소리에 대해서 신경을 거의 쓰지 않는다.

　하지만 뒷소리의 강도가 높아서 자신 및 자신의 주변 등에 피해가 생기면 앞에서 바로 처리를 한다. 그래서 뒷소리를 하는 사람은 힘이 있는 척을 해도 힘이 없다는 것을 알 수 있다.

성공을 했으면
이 힘을 변화에 쓰는 것이 좋은 거야!

좋은 결과물들이 하나둘 쌓이다 보면, 부, 명예, 권력 중에 최소 1개 이상은 가지게 된다. 이 1개 이상을 가진 것을 성공이라고 한다. 성공을 거머쥐었다면, 이만한 성공을 이루었다면 '이 힘을 어떻게 써야 가치가 있을까?'라는 생각을 해 보아야 한다.

이 힘을 자신의 행복을 위해서 사용하는 것은 당연한 것이고, 이 외에 이 힘을 써야 할 대상은 '지금보다 더 좋은 환경의 변화를 위해서' 써야 가치가 있다. 그래서 최소한 자신이 속한 분야의 환경을 변화시켜서 후배들에게 좋은 환경을 만들어 주면, 후배들에게 존중을 받을 수 있고, 자신의 분야가 다른 분야의 사람들에게 더욱 존중을 받을 수 있게 된다.

제 2 부

관계

1장

존
중

자존심만 지키려고 하면
외톨이가 되는 거야!

자존심이 중요하기는 하다. 하지만 나의 품위만 중요한 것이 아니라, 남의 품위도 중요한 것이다. 나의 품위와 남의 품위를 지키는 방법은 '말'을 하는 것이 아니라, '대화 또는 협상'을 하는 것이다.

자신의 품위만 지키려고만 행동을 하면, 사람들은 "대화가 통하지 않는다."라고 하면서 외면을 한다. 외면을 당하면 외톨이가 되는 것이고, 외톨이에게는 자존심이 있을 수 없다. 왜냐하면 자존심이 생기고, 지키고, 발전시키는 원동력은 남이 있기 때문이다.

자랑을 하는 것은
눈치 볼 행동이 아니야!

　열심히 해서 이룬 결과물을 자랑하는 건 당연한 것이다. 결과물을 만들기 위한 과정을 생각한다면, 자랑을 해도 되는 것이다. 또한 과한 자랑은 남들의 시선 및 생각을 불편하게 할 수는 있어도, 큰 문제가 되는 것은 아니다. 하지만 자랑만 하는 것이 아니라, 자랑을 하면서 비교를 하는 순간부터 잘못된 행동을 하는 것이다. 비교하지 않는 자랑은 자신에게 활력이 되고, 남들에게 좋은 자극이 된다.

'위선'이 아니라 '사랑'이야!

관계가 불편한 사람이 있다. 신경이 쓰여 예민해지고, 무례하게 하는 행동 때문에 스트레스를 받아서 힘들다. 하지만 겉으로 나타내서는 안 되는 입장이라서 아무 일 없는 척하며 친절하게 행동을 한다. 이런 행동에 스스로가 '위선자'라고 생각을 한다. 이것은 '위선자'가 아니라, 열심히 살기 위한 '몸부림'이다.

그리고 이중적인 행동에 대한 자괴감에 빠져들 수도 있지만, 이중적인 행동은 현대인이라면 누구나 하는 것이기 때문에 자괴감에 빠질 필요가 없다. 오히려 이중적인 행동을 할 수밖에 없는 상황을 만든 사람들의 잘못이다. 또한 불편한 관계 때문에 '관계'와 관련 된 책, 동영상 등을 통하여 공부를 하는 행동은 '살기 위한 몸부림'과 이 사람을 이해해고 잘 지내고 싶은 '사랑'의 마음이다.

'사랑'이라고 하면 대부분 연인과의 사랑을 많이 생각을 한다. 이것도 맞지만 사랑의 뜻 중에는 '남을 이해하고 돕는 마음'도 있다. 관계가 불편한 사람에게 하는 행동이 '위선'이 아니라 '사랑'이라는 것을 깨닫게 되면, 이후부터는 예민한 성격이 차분해지고, 불편한 사람의 행동에서 열심히 사는 모습도 볼 수 있게 된다.

중심을 잡아 주는 사람을
아껴 주어야지!

힘든 일을 하고 있지만, 잘 보이지 않으니까 중심을 잡아 주는 사람을 소홀히 하는 경우가 있다. 중심을 잡아 주는 사람은 힘들다는 표현을 해도 어느 쪽도 진정성을 담아 위로를 해 주거나, 환경 개선을 해 주는 경우가 드물다.

그래서 왼쪽 사람과 오른쪽의 사람의 가운데에서 중심을 잡아 주는 사람이 어느 한쪽으로 기울면 반대쪽 사람은 힘들어 하고, 어느 한쪽의 사람이 중심을 잡아 주는 사람을 건너뛰어서 반대쪽의 사람과 직접 만나면 중심에 있는 사람이 힘들어진다.

중심을 잡아 주는 사람이 이 역할을 그만두어 버리면 혼란이 오고, 이때야 중요성을 알게 된다. 이때에는 이미 늦어 버린 상황이기 때문에, 늦기 전에 중심에 있는 사람을 존중해 주어야 한다.

매력과 유혹이 통하지 않는 사람은
네가 지금 말하는 것에 관심이 없는 거야!

　매력과 유혹의 말과 행동이 통하지 않는다는 것은 매력과 유혹의 질이 떨어져서가 아니라, 관심이 없기 때문에 반응이 없는 것이다. 통하지 않는다는 것을 파악을 했는데도, 매력과 유혹의 말과 행동을 진행한다는 것은 오만한 행동이다. 이 오만한 행동에 의해서 가까워진 관계가 멀어질 수 있고, 가까워지려고 했던 관계가 원점으로 되거나, 더 멀어질 수 있다. 그래서 통하지 않는다고 파악이 되었으면 화제를 바꾸거나, 끝내야만 한다.

　'갈증이 나면 물을 마시고, 더우면 윗옷을 벗고, 비가 오면 우산을 쓰고, 배고프면 밥을 먹는다.'처럼 관심이 가는 것만 맞춰 주면 나머지는 알아서 따라온다.

좀 물어 봐! 그리고 잘 들어 줘!

지금 당신에게 설명을 하고, 말을 하는 사람은 좀 더 배운 사람이고, 좀 더 세상을 아는 사람이기에 당신 앞에 서 있는 것이다. 당신 앞에 있는 이 사람도 똑같은 사람이기에 소통을 좋아하고 현재의 소통의 방법은 물어보는 것이다. 물어봐야 한다고 해서 거창한 것만 물어보라는 것이 아니라, 소소한 것이라도 궁금한 것이 있으면 물어보는 것이다.

"○○○에 대해서 어떻게 생각을 하나요?" 등으로 물어봐 주는 것은 그 사람에게 활력을 주는 첫 번째 행동이고, 그에 맞는 대답을 할 때 '잘 들어 주는 것'은 두 번째의 활력이 된다.

첫 번째의 활력과 두 번째의 활력으로 인하여 '존중'받는 느낌을 받으며 '보람'을 느낀다. 절대로 '나 같은 사람이 물어봐도 되나?' 등의 생각을 가지지 말아야 한다. 왜냐하면 당신 앞에 서 있는 이 사람도 당신보다 조금 더 알고 있을 뿐이다. 물어보는 말없이, 일방적으로 말을 하고 끝을 낼 때 및 물어본 말에 대답을 하는데 잘 듣지 않는 것을 알게 되면 허탈한 마음이 가득 차오른다.

불편한 관계가 편한 관계로 바뀌는 계기는
공동의 목표가 생겼을 때야!

A는 B가 싫지만 B가 가지고 있는 사업 장소가 있어야만 돈을 벌 수 있고, B는 A가 일을 해 주어야만 돈을 더 많이 벌 수 있다. A와 B는 익숙한 관계이기는 하지만 불편한 관계이다. 불편한 관계이지만, 서로 도움을 주고받는 이유는 '돈을 벌기 위해서'다.

좋아서 도움을 주고받는 사이가 아니지만, 이 시간이 지속될수록 서로의 입장을 이해하려고 노력을 하는 과정 속에서 서로 친해지게 된다. 결국 '어차피 같이 할 수밖에 없는 일이라면 마음이라도 편한 것이 좋잖아.'라는 마음을 가지게 된다.

2장

표현 / 친밀감

자주는 아니더라도
가끔은 나의 인생 이야기 좀 해!

일하는 사람들끼리는 일에 관한 내용만 가지고도 말할 것이 많기에 '나의 인생 이야기'를 표현하기에는 어려움이 있다. 일로 만나는 사람들끼리는 '나의 인생 이야기'를 할 수도 있고, 못 할 수도 있다.

하지만 가족, 애인, 친구, 동료, 가까운 지인 등에게는 '나의 인생 이야기'를 꼭 해야만 한다. 서로 간의 '인생 이야기'를 말하고 / 듣는 과정에서 더 많이 알게 되고, 더 많은 공감대를 만들 수 있고 더 깊은 대화를 나눌 수 있게 된다.

착각하지 말아야 할 것은 "가족이니까, 친구이니까, 동료니까, 지인이니까 등으로 / ~(이)니까 로 자신의 인생 이야기를 하지 않아도 알 것이다."이다. 말하지 않으면 알 수 없는 것이 '나의 인생 이야기'이다. 그래서 "나… 무슨 일이 있는데!"라며 말을 하고, "너… 무슨 일 있어?"라고 물어봐 주어야 한다. 아는 만큼 이해의 깊이는 깊어진다.

쓸데없는 말 좀 해!

쓸데없는 말이 진짜 쓸데없는 말일까? "재밌는 또는 재밌게 지냈던 시절은 언제였는지?" 물어보면 대부분이 청소년기, 20대 초반이었다. 나도 이 시절이 제일 재미있었다. 이 시절이 왜 재밌었다고 기억하고 표현을 할까?

이 시절에는 친구들과 만나서 연예인 이야기, 연애 이야기, 학교에 있었던 이야기, 집에서 있었던 이야기 등등의 소소한 이야기들이고 그냥 하는 말들이었다.

현 시점 기준으로 파악을 하면 '쓸데없는 말을 한 기간'이 되는 거고, 특별한 의미가 없는 말들이다. 그때처럼 재미있게 지내려면 지금도 앞으로도 '쓸데없는 말을 하고 쓸데없는 말을 받아 주고' 지내야 한다. 간혹 쓸데없는 말을 하면 나의 가치가 떨어지지 않을까? 걱정을 할 수 있겠지만, 걱정을 할 필요가 없다. 왜냐하면 할 것 하면서 하는 쓸데없는 말은 인간관계를 더 부드럽게 만들어 준다.

칭찬만 하면
풍요 속에 빈곤이 되는 거야!

잘했으면 정중히 칭찬을 하고, 잘못했으면 정중히 비판을 하는 행동이 좋은 관계를 유지 및 발전시킨다. 하지만 인간관계를 만들고 유지하고 싶어서 칭찬만 하면 가까운 사이로 발전을 하지 못하고 '그냥 아는 사람'만 된다.

칭찬만 했을 때 듣는 말 중에 하나가 "야한테 물어보지 마. 야는 무조건 좋다고 하니까."이다. 그래서 친한 사람은 없고, 아는 사람만 많게 된다. 자신의 주변에 친한 친구가 있을 것이고 아는 사람이 있을 것이다.

친한 친구는 칭찬 및 비난을 예의를 지키면서 말을 하지만, 아는 사람은 비난은 안 하고 칭찬만 한다. 또한 자신이 힘들 때 아는 사람은 직접적으로 도와주지 않지만, 친한 사람은 직접적으로 도와준다. 풍요 속의 빈곤이 되지 않기 위해서는 예의를 지키며 칭찬과 비난을 해야 한다.

'말'과 '글'로 감정을 전달하면 되는 거야!

자신의 감정을 말로 전달을 잘 못할 것 같으면, 글로 전달을 하면 된다. '말'과 '글'은 서로서로를 보완해 주는 관계이며, '말'이든 '글'이든 중요한 것은 '원활한 소통'이기 때문이다.

이럴 때 좋아하는 이성의 얼굴을 보고 '말'로 자신의 감정을 표현할 수 없어서 '편지'로 자신의 감정을 표현했었고, 그 후 만나서 다시 '말'로 자신의 감정을 표현을 했었다. 시간이 흐른 현시점에서도 '글'의 힘은 여전히 강하다.

'말'은 직구라면 '글'은 변화구이다. '글'은 "돌아보게 한다. / 생각을 좀 더 하게 된다. / 다시 읽어보기가 가능하다."라는 것이 장점이 된다. 단지 '글'을 쓰는 도구가 손 글씨에서 한글, 워드, 문자, 쪽지 등의 기기를 이용한다는 것만 달라졌을 뿐 '글'을 통하여 자신의 감정을 표현하는 것은 과거가 현재나 같다. 그래서 '말'로 표현을 잘 못하겠으면, '글'로 표현을 한 후 '말'로 표현을 하라고 한다.

친구니까 '그럴 수 있는 거야!'

친구의 뜻은 '가깝게 오래 사귄 사람.'이다. 이 문장에서 중요한 핵심은 '가깝게'이다. '가깝게'라는 뜻은 자신의 장점, 단점을 알고, 도움을 주고 받고, 실수도 주고받고, 손해도 주고받고 등등이 쌓여야만 '가깝게'라는 단어를 앞에 붙일 수 있다. '가깝게'의 단어가 빠지고 '오래 사귄 사람'은 친구가 아니라 이해관계에 의해서 만나는 '아는 사람'이다.

"어떻게 나에게 이럴 수 있어?"라는 말을 쓴 경우에는 '아는 사람'이고 "무슨 일이 있겠지. / 뭐 그럴 수도 있는 거지."라는 말을 쓴 경우에는 '친구'이다.

"어떻게 나에게 이럴 수 있어?"라는 이 말 속에는 '내가 너에게 이만큼 해 주었으니까, 너도 나에게 이만큼은 해 주거나 최소한 이 정도는 해 주어야지. / 나에게 손해를 끼치면 안 되는 거야.'라는 것이 담겨져 있다.

그래서 '이 사람을 친구로 생각하는지? 아는 사람으로 생각을 하는지?'에 대해서 자신의 마음을 살펴보아야 한다. 자신의 마음만 알아도 친구 관계든 아는 사람 관계든 '관계'는 깨지지 않는다. 그리고 '아는 사람이 친구가 되는 것이지, 친구가 아는 사람이 되는 것'은 아니다.

"끼리끼리 논다."라는 말을
가볍게 생각하면 안 돼!

끼리끼리 놀기 위해서는 서로가 비슷해져야만 한다. 취미, 성격, 나이, 직업 등의 큰 부분 및 작은 부분이라도 서로 간의 공통점이 있으면 친해질 수 있는 기회가 생긴다. 이 기회를 바탕으로 서로를 맞추다 보면 어느새 즐겁게 시내는 사이가 된다.

이 사람과 의도적으로 친해지고 싶다고 생각을 한다면 그 사람을 잘 관찰하여 큰 부분이든 작은 부분이든 자신이 공략할 수 있는 것을 찾으면 된다. 그래서 작은 것이라도 비슷한 것을 경험을 했고, 좋아한다면 상대방은 긍정적인 반응을 보인다.

3장

상
처

자신과 남에게 상처를 주고 싶지 않다면
자신의 말과 행동에 냉철해야 해!

남들에게는 냉철하고 자신에게는 관대하게 하는 말과 행동이 실수의 시작이고 상처의 시작이 된다. 우리는 자신의 생각을 표현하는 데 대표적인 수단으로 말과 행동을 사용한다. 그래서 단순히 말은 말이고 행동은 행동이 아니라, '자신의 생각을 남에게 전해는 것이다.'

자신의 생각이 날카로운 칼이 되지 않도록, 남들의 말과 행동을 냉철하게 판단하는 것처럼 자신의 표현하려는 말과 행동도 냉철하게 살펴봐야 한다.

마음이 약해지면
더 소중한 것을 잃어!

　누구나 긍정적인 것에 대한 결정은 쉽게 하지만, 부정적인 것에 대한 결정은 쉽게 하지 못한다. 더 이상 나빠지는 것을 막기 위해서 부정적인 결정을 한 사람은 용기가 있는 사람이고, 결정을 못 한 사람은 용기가 없는 사람이나. 용기를 못 내서 결정을 못 하면 남에게 피해를 주는 것은 당연한 것이고, 자신에게 큰 피해를 준다. '내가 그때 했어야 했는데.' 등의 후회와 자책 등으로 마음의 병이 크게 생기고, 오랫동안 벗어나지 못한다.

표현하지 않으면
네가 상처받았다는 모를 거야!

기분이 좋은지, 좋은 척하는 것인지, 나쁜지, 아픈지 등 감정은 얼굴 표정이나 말투 등 눈에 보이는 것으로 짐작은 할 수 있지만, 정확히 알 수 없다. 또한 자신의 감정을 숨길 수 있는 무표정인 경우에는 더욱 알 수가 없다.

간혹 '말하지 않아도 나의 감정을 알아주겠지!'라는 생각을 가지고 있는 경우가 있는데, 친한 사이라도 표현을 하지 않으면 정확히 알 수 없는 것이 감정이다. 그리고 '이렇게 말을 하면 내 감정을 알아주겠지!'라고 생각을 하며 돌려서 말을 하면 알아듣는 사람도 있지만, 못 알아듣거나 다른 의미로 알아듣는 사람도 있다.

상처가 되는 말을 들었다면, 상황에 맞게(여럿이 있는 경우에는 당사자와 따로 자리를 만들어서 등) 자신의 감정을 표현하고 조심해 달라고 부탁을 하면 된다. 상처가 되는 말은 시간이 지나면 사라지는 것이 아니라, 마음 한곳에 쌓이는 말이다. 그래서 이 말이 쌓이고 쌓여서, 넘치게 되면 한순간에 감정이 폭발한다.

폭발된 감정으로 인하여 주변 사람들도 당황하고 자신도 당황하게 된다. 그러므로 상처가 되는 말을 들었을 때는 빠른 시간 안에 당사자에게 정중히 자신의 감정을 알려주어야 한다.

쉽게 얻은 것보다 어렵게 얻은 것에
더 큰 가치를 두고 있는 것은 당연한 거야!

　어렵게 한 취업, 어렵게 모은 돈, 어렵게 얻은 자격증, 어렵게 구입한
물건 등에는 자신의 노력, 끈기, 고통, 유혹, 희생, 포기 등을 통하여 얻은
결과물이다. 이 결과물을 자신은 어렵지 않게 얻었다고 해도, 어려운 과
정을 통히여 결과물을 얻은 사람 앞에서는 말과 행동을 조심해 주는 것
이 예의이자 자신의 품위를 지키는 행동이다.

'잘못된 것'을 무시하면 나만 괜찮은 거야!

'잘못된 것'을 알게 되었을 때 '잘못된 것'의 수준이 낮으면 '무시 및 해결'하는 방법의 방어를 할 수 있다. 하지만 '잘못된 것의 수준이 높다'면 무시해서 끝날 문제가 아니게 된다. 무시를 하면 자신은 괜찮을지 모르지만, 이것을 모르고 있는 지인, 가족 등에게 피해가 생기게 된다.

'대기업을 상대로 나 같은 사람이 / 나 아니어도 다른 사람이 대신' 등의 타협을 하면 '나와 같은 피해자'가 생겨난다. '잘못된 것'을 알게 되었을 때 사람들에게 알리고, 다 같이 힘을 모아서 어필을 통한 방어를 하면 이런 일이 줄어들게 된다.

때론 아무 말도 없이 가만히 들어 주는 것이
필요한 거야!

자신의 똑똑함을 어필하기 위해서 무조건 조언을 하려고 생각을 하다 보니, 상대방이 진짜 원하는 것이 무엇인지를 제대로 파악하지 못하는 실수를 한다. 조언을 해 주기 위해서 '양쪽의 상황을 파악하고 양쪽의 경우의 수를 파악하고, 현 상황에서 가장 옳은 말이 무엇인지 고민을 하고 말을 해 주는 행동이 잘못되었다.'라는 것은 아니다.

하지만 상대방은 지금 당장은 조언이 아니라 공감만 해 달라는 것인데 조언을 해 주면 감정이 더 상하게 된다. 그래서 상대방은 참다가 결국 "내 말 좀 들어 주면 안 돼? / 내 편 들어 주면 안 돼? / 몰라서 징징대는 거 아니잖아." 등으로 자신의 감정을 표현한다.

힘드니까 헤어지는 거야!

연인 관계, 친구 관계, 일로 이어진 관계 등으로 사람은 관계를 가지고 있다. 좋은 관계를 만들고 유지하는 방법은 서로 간에 좋아하는 것은 당연히 잘해야 하고, 싫어하는 것 또는 힘들어하는 것은 최대한 하지 않아야 한다. 그래서 '포기, 타협, 개선, 고침' 등을 통하여 싫어하는 것 또는 힘들어 하는 것을 하지 않거나, 받아들인다.

이것이 잘 이루어지지 않을 경우, 힘들어하는 감정이 높아진다. 이 감정을 다스릴 수 있으면 그나마 관계 유지는 되지만, 이 감정을 다스릴 수 없는 상황이 되면 헤어지게 된다.

있을 때 잘해 주면 좋지만,
최소한 못해 주지는 말자!

"있을 때 잘해."라는 말은 많이 들었기 때문에 잘 알지만, 이 말이 말처럼 쉬운 것이 아니라는 것을 점점 알게 된다. 그래서 '잘해 주면 좋지만 최소한 못해 주지는 말자.'라는 마음으로 현재 내가 할 수 있는 범위 안에서 헤 주면 된다. 이래야만 '마지막일 줄 알았으면….'이라는 족쇄가 되는 아픈 말, 서글픈 말을 안 하게 된다.

힘든 사람에게 좋은 위로는 그동안 했던 행동에 대한 긍정적인 말을 해 주는 거야!

힘들게 한 사람한테 욕을 해 주는 방법으로 힘들어 하는 사람을 위로해 줄 수 있다. 하지만 욕 등의 부정적인 말을 들으면서 잠시는 속이 시원할 수 있겠지만, 이 말에 의해서 좌절감, 자책감, 허탈감, 의욕상실감 등의 부정적인 감정에 빠질 가능성이 높다. 그래서 힘들게 한 사람에 대한 언급보다는 힘들어하는 사람의 과거의 행동, 현재의 행동에 대한 미담 등의 긍정적인 말을 통하여 위로를 하는 것이 좋다. 자신에 관한 긍정적인 말을 들을수록 자존감이 서서히 회복이 된다.

배신, 좌절 등의 부정적인 감정으로
시간을 쓰는 것은 아깝잖아!

　감정을 가진 사람이기에 배신 등을 당하면 잠시 동안은 어쩔 수 없이 감정을 낭비하고 시간을 낭비할 수밖에 없다. 하지만 이 감정으로 자신의 정신과 몸에 상처를 주는 상황까지 가서는 안 된다. 이런 상황까지 왔다면 '자신에게 상처를 주는 바보 같은 행동보다는 그 사람을 제대로 응징하는 바보 같은 행동이 좋다.'

　그 사람에게 응징을 하지 못하거나 할 자신이 없다면 더 이상 자신이 자신을 괴롭히는 행동은 멈추고 잘 살아가기 위한 노력을 해야 한다. 하루를 살더라도 나의 시간을 나를 위해서 쓰며 즐겁게 살아야 한다.

4장

소통

**"귀담아
듣겠습니다**

나의 입장 / 상대의 입장 중 나의 입장이 중요한 거야!

'입장'의 뜻은 '당면하고 있는 상황'으로 현재의 나의 마음이다. '입장'은 지식, 지혜, 경험에 의해서 범위가 달라진다. 그래서 상대방과 대화를 할 때 상대방을 다 이해하려고 할 필요가 없다. 이해하려고 노력을 해도 이해를 다 할 수 없는 것이 사람의 마음이기 때문이다. 자신도 자신의 마음을 다 모르는데, 상대방의 마음을 다 알고 이해하려는 것 자체가 말이 안 되는 것이다.

'나의 입장이 있고, 상대방의 입장이 있다.'라고 인식만 하면 된다. 상대방의 입장을 파악하여, 그 입장을 부정적으로 건드리지 않는 범위 안에서 나의 입장을 바탕으로 대화를 하면 인간관계가 형성, 유지, 발전이 된다. 상대방의 입장을 이해하려고 노력을 하다가 자신의 입장을 잘 표현하지 못하면 소통이 원활하지 않게 되고, 자신의 마음에도 상처가 생긴다. 상대방의 입장을 인식하지 않고, 자신의 입장만 이야기를 하면 소통은 되지 않는다. 그리고 자신의 입장만 강조하면 할수록 외면을 받고, 고립이 된다.

예의를 지키면서
직설적으로 말을 해!

　대화, 상담 등의 말을 할 때 나의 본심을 잘 전달하는 방법은 '직설적인 표현'이다. 말을 돌려서 하거나, 예쁘게 포장을 해서 말을 하거나, 반복하며 말을 하거나, 회피할 수 있도록 말을 하거나 등으로 필요하지 않은 말들을 붙이면 말이 길어지고 본심이 감추어진다.

　그래서 상대방은 본심을 알 수 없거나, 대충 알거나, 잘못 알거나 등이 될 수 있다. 상대방에게 상처를 주지 않는 직설적인 표현 방법은 '상대방의 말을 진지하게 잘 듣고, 표준어 사용, 비속어 금지, 강조하는 단어 자제'를 통한 표현이다.

말이 들릴 수 있도록
행동을 해!

"말을 안 들어요. / 말이 안 들리나 봐요. / 말을 먹는 것 같아요." 등으로 말하며 "상처받았어요. / 무시받는 것 같아요. / 오해받는 것 같아요." 등으로 속상한 마음을 표현한다.

분명히 처음에는 말이 들렸을 것이다. 그럼 '말이 안 들리는 시점이 언제지? / 왜 안 들릴까?'에 대해서 생각을 하며 찾아봐야 한다. 곰곰이 생각을 하고 또 하다 보면 나오는 답은 '관계'이다.

'나와 너의 관계 / 선생님과 학생의 관계 / 애인과의 관계 / 가족 간의 관계 / 동료 간의 관계 / 상사와의 관계' 등으로 사람들은 관계를 가지고 있다. 이 관계가 좋으면 '개떡같이 말해도 찰떡같이 알아듣는다.'이며 관계가 좋지 않으면 '좋은 말을 해도 잔소리로 듣거나 무시를 한다.'이다. '관계'를 살펴봐서 잘못된 부분을 고쳐야만 나의 말이 다시 들린다.

간혹 "관계가 나빠지지 않도록 평소에 관리를 잘하면 되는 거잖아."라고 말하기도 한다. 누구나 아는 것이지만 사람은 편해지면 '말 안 해도 이 정도는 이해할 거야. / 우리 사이는! / 편하게 하자.' 등으로 관계를 소홀히 하는 실수를 한다.

경쟁을 통하여 익숙해진 관계는 여전히 불편하지만,
도움을 주고받으며 익숙해진 관계는
언제나 편한 거야!

사람들은 새로운 것을 알고 싶어 하는 호기심도 좋아하지만, 변하지 않는 것의 편안함도 좋아한다. 익숙해진다는 것은 편해진다는 것이고 좋아한다는 것이 된다.

낯선 사람보다 익숙한 사람이 편하고, 잘 모르는 메이커보다 잘 아는 메이커가 편하고, 무엇을 어떻게 해야 할지 모르는 경우가 생길 때는 익숙한 것을 선택을 한다. 익숙한 것은 기본적으로 '좋아한다.'라는 의미가 들어 있지만 무조건은 아니다. 익숙한 것이기는 하지만 '경쟁'에 의해서 익숙해진 관계라면 '편하다가 아니라 불편하다.'이다. 그리고 경쟁이 빠진 서로 도움을 주고받는 관계를 통하여 익숙해지면 '편하다 그리고 믿는다.'라는 긍정적인 마음이 생긴다.

이성적인 사람은 자신이 정한 마지노선까지는 아무런 액션이 없어서 파악하기 힘든 거야!

이성적인 사람들은 자신이 정한 마지노선이 있다. 이 마지노선은 일반적인 기준의 선보다 좀 더 뒤에 있다. 그래서 마지노선을 넘은 사람은 객관적으로 봐도 넘은 사람이 잘못이지 마지노선을 넘어와서 그에 맞는(손해 본 만큼의 보상 등) 또는 그 이상의 행동(손해가 생기더라도 관계를 정리하는 경우)을 보인 이성적인 사람의 잘못이 아니다.

선을 넘지 않는 한 관계는 유지가 되지만, 선을 넘으면 관계가 완전히 끝나 버릴 수 있다. 그래서 잘 모를 때는 '너의 허용범위가 어디까지인지 알려 주면 내가 그 범위 안에서 행동을 하겠다.' 등을 통하여 파악을 하는 것이 좋다.

친구 등이 소개를 해 준다고 했을 때
필요하지 않다면 거절을 하는 것이 맞아!

친구가 어떤 사람을 또는 어떤 물건을 소개해 준다고 했을 때 필요하지 않다면 거절하는 것이 좋다. 친구의 우정, 체면 등이 신경이 쓰여서 거절하는 것이 불편하여 필요하지 않는 사람을 만나거나 물건을 살 경우에는 자신에게 불편한 마음이 생긴다. 그래서 이 친구와 서서히 거리를 두려고 하고, 이 친구에게 연락이 오면 반가운 마음보다는 '또 뭘 소개시켜 주려고 하지?' 등의 마음이 생겨 긴장하는 마음이 생긴다.

서로 간의 불편한 일이 생기지 않도록 하는 방법은 필요한 것이 아니면 정중히 거절을 하고, 소개를 해 주는 친구는 거절을 한 것을 존중해 주면 된다.

'네가 도와주고 싶은 마음이 있다면, 상대방에게는
받아 주고 싶은 마음이 있다.'라는 것을 알아야 해!

남을 도와준다는 것은 쉬운 것이 아니다. 여유가 있다고 해도 마음이
없으면 할 수 없는 것이 도움이다. 하지만 '아무리 도와주고 싶어도 상대
방이 그 마음을 받아 주지 않으면 도움을 줄 수 없다.' 그래서 도와주고
싶은 마음도 감사한 행동이고, 상대방의 마음을 받아 주는 마음도 감사
한 행동이다.

도움주고 받는 과정에서는 '일방통행'이 있을 수 없다. 또한 도움은 '일
방통행이 아닌 양방통행이구나.'라는 마음을 알아야만 '내가 너에게 얼마
나 잘 해 주었는데…'라는 생각을 안 하게 된다.

호의는 빚이야!

　자신이 남에게 호의를 베풀면 남에게 빚을 만들어 주는 것이고, 남에게 호의를 받으면 빚이 생기는 것이다. 이 호의의 주도권은 베푼 사람이 가지고 있기 때문에, 호의를 베푼 사람이 마음만 먹으면 자신이 원하는 쪽으로 유도할 수 있고, 좋은 결과를 만들 가능성도 높다.

　호의를 받은 사람은 자신의 상황에 따라 '진심이 담긴 정중한 인사, 양보하는 행동, 받은 만큼 돌려주는 것, 받은 것보다 더 주는 것' 등으로 표현을 한다. 그래서 호의를 주고받고 하는 과정에서 믿음과 신뢰가 생긴다. '호의'를 무시하거나 가볍게 여기는 사람은 절대로 좋은 인간관계를 만들 수 없다.

부정적인 부분에서의 불확실한 표현은
도움이 되지 않고 피해만 주는 거야!

'개떡같이 말해도 찰떡같이 알아듣는 것'은 아주 친한 관계에서만 이루어지는 것이지, 친한 관계가 아닌 '아는 사람, 동료' 등의 경우에는 '이 표현이 어떤 의미인지?'를 정확히 모를 수밖에 없다.

확실한 표현을 해야만 상대방이 정확한 이해를 할 수 있다. 또한 '지적'을 해야만 정확한 전달이 된다면 좀 번거롭거나, 어색하거나, 불편하더라도 '지적'을 해야 한다. 불확실한 표현을 듣는 상대방은 '나 때문인가? / 우리 모두 때문인가? / 도대체 누구한테 한 말이지?/ 정확한 의미가 뭐지? / 심각한 것인가?' 등 때문에 오히려 짜증만 높아진다.

'침묵'은 또 다른 감정표현이야!

　보통은 생각과 감정 등을 말, 글, 행동으로 표현한다. 이 표현방법 이외에는 침묵이 있다. 사람은 본능적으로 말을 듣는 것보다 하는 것을 더 좋아하는데, 침묵을 하라고 하면 대부분은 힘들어한다.

　침묵을 하는 당사지도 힘이 든다는 것은 침묵을 지켜봐야 하는 상대방은 그 이상으로 힘이 든다는 것을 의미한다. 그래서 상대방은 침묵하는 사람에게 "말을 해라." 등의 표현을 하면서 말을 하도록 유도한다.

　침묵을 사용하는 보통의 상황은 '소통이 되지 않는 상황에서 그 자리를 벗어날 수 없을 때'다. 침묵은 생각하는 것보다 강한 힘을 가지고 있고, 부드럽게 자신의 상황을 어필할 수 있다.

5장

결
정

정확한 이해를 통한 결정

사람을 판단할 때는 만들어진 개념으로
하는 것이 아니라 자신이 직접 경험한 것을
바탕으로 판단을 해야만 진짜가 되는 거야!

SNS에 나온 내용만 가지고, 유튜브 방송에서 나온 내용만 가지고, 지인 등이 해 준 말만 가지고 누군가를 판단해서는 안 된다. 이 자료들은 만들어진 것이기 때문에 이 자료의 일부분은 맞을 수 있겠지만, 다 맞는 것은 아니다. 단지 참고용으로 할 수는 있지만, 이것을 가지고 판단 및 결정을 하는 것은 잘못된 행동이다. 그 사람이 하는 말과 행동을 직접 경험을 하는 것이 진짜 그 사람을 아는 것이 된다.

황홀한 것에 빠지지 않고
핵심 내용을 파악하고 결정을 해야 해!

친한 지인, 상사, 판매사원 등의 외모, 관계, 말의 유혹, 압력 등에 의해서 그들이 나에게 전하려고 하는 내용이 무엇인지 잘 모르는 상태에서 승낙하는 실수를 한다. 그들이 친근하게 다가와 이런저런 듣기 좋은 말들을 하면서 핵심 내용을 은근히 전하려고 할 때 '공은 공이고 사는 사다.'라는 마음으로 듣기 좋은 말들은 사적인 마음으로 정리를 한 후 핵심 내용을 공적인 마음으로 판단과 결정을 한다.

이유를 말해 주어야
의미가 생기는 거야!

사람은 의미가 있는 행동을 원한다. 이 행동, 일이 나에게 의미가 있는가, 없는가에서 의미가 있다고 판단되면 자발적으로 행동을 하거나, 좋은 기분으로 명령을 받거나, 좋은 마음으로 도움을 주거나 등으로 긍정적인 반응을 보인다.

하지만 의미가 없다고 판단이 되면, 어쩔 수 없이 행동을 하거나, 어쩔 수 없이 명령을 따르거나 어쩔 수 없이 도움을 주거나 등의 반응을 보인다. 또한 자신이 거절할 수 있는 위치에 있는 상황이라면, 의미가 없다고 판단이 되면 기부 등의 좋은 일이라도 행동을 하지 않는다. 그래서 이유를 잘 표현하는 것이 중요하다.

이해를 시켜 주고 결과물을 그려 주면
나머지는 본인이 알아서 잘해!

'이 일을 왜 해야 하는지? 이 일이 왜 중요한지? 이 일을 하면 나중에 어떤 결과물이 나오는지?'에 대해서 이해를 시켜 주고 현실성이 있는 결과물을 알려 주면 희망을 가지게 된다. 그래서 스스로 '이 일을 해 보겠다.'라고 나서고, 결과물을 만들기 위해서 합리화를 찾고, 만들어 가면서 진행을 한다. 그리고 처음에 말한 결과물이 안 나올 수 있다고 말을 해 주어도 중지하지 않고, 진행을 하는 이유는 일을 하면서 만들어 낸 합리화들로 인하여 처음에 말해 준 결과물이 이제는 그다지 중요하지 않게 되었기 때문이다.

사람의 가치를 파악하는 방법은
말보다 행동이고 행동 중에서 '글'을 쓰는 거야!

'말'을 통하여 이 사람이 일부분을 알 수 있고, '행동'을 통하여 속마음을 알 수 있고, '글'을 통하여 '의지'를 알 수 있다. 스스로 글을 쓴 순간부터 자신의 입장에 대한 객관적인 자료가 되므로, 글에는 큰 힘이 담겨 있다. 또한 글을 쓴 자신의 이미지를 지키기 위해서 노력을 하며, 남들이 생각 하는 이미지에 맞도록 노력을 한다. 그래서 계약서 등에 희미하게 쓰인 글 위에 스스로 자필로 글을 똑같이 작성하는 작은 행동에도 큰 힘이 생 겨난다.

진지한 대화는 글과 영상이 아니라
만나서 하는 거야!

과학의 발달로 인하여 사람과 사람이 직접 만나는 것보다 랜선을 통하여 글과 영상을 통하여 대화를 한다. 편리한 세상이다. 하지만 글과 영상으로만 가지고는 그 사람을 판단하기가 어렵다. 왜냐하면 글로 자신의 생각을 잘 표현하는 사람도 있지만, 그렇지 않은 사람도 있고, 영상은 부분만 보이기 때문에 전체적인 상황을 파악을 할 수 없다.

예를 들어 얼굴만 보이도록 영상을 설정을 하면 얼굴 외에는 알 수가 없기 때문에 얼굴 표정만 가지고 상황을 파악을 할 수밖에 없다. 얼굴 표정을 읽지 못하게 페이스메이커를 하면 어떤 감정인지 어떤 상황인지 이 말이 진짜인지 아닌지 등을 파악하기 어렵게 된다.

그 사람을 잘 파악하는 방법은 직접 만나서 얼굴도 보고, 표정도 보고, 말의 톤도 느껴 보고, 손 모양, 앉아 있는 모습 등등을 파악해야만 정확히 알 수 있다. 우리가 아직까지도 면접을 보는 이유는 정확한 파악을 위해서다.

———

애매한 상황 속에서
이것 아니면 저것이 나오는 거야!

어릴 때는 단순해서 이것 아니면 저것으로 결정을 했었다. 나이를 먹고, 성인이 되고, 세상을 알아가면서 단순하고 명료해지는 것은 점점 줄어들고 애매한 상황이 많아진다.

애매한 상황은 불안한 상황과 같은 의미가 되기 때문에 누구나 싫어하고 꺼린다. 그래서 애매한 상황에 있는 것이 불편하기 때문에 우리는 '선'이라는 것을 만들어서 긋는다. '선'은 어릴 때처럼 책상에 선을 그어서 넘어오면 한 대 때리거나 하는 단순한 것이 아니라, '내가 존중해 줄 수 있는 마지노선'을 의미한다.

이 '선' 안쪽에서라면 신경을 안 쓰고, 이 '선'에 가까워지거나 넘어서면 신경을 쓰며 결정을 하게 된다. 그래서 나는 '애매한 상황을 잘 다스리는 사람이 인간관계 유지 및 발전을 잘한다.'라고 생각을 한다.

"약속이다."라고 강조하는 말을 하며
끝내는 사람은 경계해야 해!

"약속이다." 이 말에는 '책임감과 신뢰감'이 포함된 단어이다. '약속'을 하면 이 약속을 지키기 위한 행동을 해야 하는 책임감이 따른다. '책임감'은 '신뢰감'과 연결이 된다.

약속을 시키면 신뢰감이 높아지지만, 약속을 지키지 않으면 "책임감이 없다. 신뢰감이 없다."라는 말을 듣게 된다. 그래서 "약속이다."라는 말은 불편한 말이고 부담이 가는 말이다. "약속이다."라는 말에 의해서 '자신의 의지에 의해서, 자신의 의지와 상관없이, 자신도 모르게' 이 말을 한 사람의 유도대로 움직일 수밖에 없다.

대화하는 대상에
'가족'이 꼭 들어가 있어야 해!

즐거운 대화를 나누는 대상은 보편적으로 같은 일을 하는 동료, 오래된 친구 및 지인 등이 있고 '가족'은 대부분 가장 마지막이거나 빠져 있다. 가족이 빠져 있는 원인은 보편적으로 일상적인 이야기, 현실적인 이야기 등으로 조금은 불편한 말들이 오가고 때로는 싫은 말도 해야 하는 경우도 생기기 때문이다.

그래서 가족과의 대화는 재미가 없고, 회사 동료, 오래된 친구 등과 대화를 나누면 재미가 있는 이유는 현실에서는 벗어나는 주제, 공감대가 형성되는 주제, 이해의 폭이 넓어지는 주제 등이기 때문이다.

가족과의 대화도 지속해서 나누다 보면 서로를 이해하고 안 되는 부분은 포기를 하며 점점 대화가 재미있게 된다. 그리고 가족은 어떤 말이든 행동이든 감싸 주려고 하고, 도와주려고 하고, 뒤통수를 치지 않는다. 인생이 걸린 중요한 대화는 가족과 하는 것이 가장 좋다.

제 3 부

전문가

1장

영향력

Exper

전문가는 말과 행동을
신중히 사용해야 해!

　과거의 세상보다 현재의 세상이 더 복잡해졌고, 현재보다 미래의 세상이 더 복잡해질 것이다. 복잡한 세상 속에 사는 사람들은 한정된 에너지를 자신의 분야에서만 사용하고 싶기 때문에, 타 분야에 대해서는 그 분야의 전문가의 말을 잘 믿는다.

　같은 분야에서 일을 하는 전문가라도 자신보다 지위, 경력 등이 높은 사람의 말이 애매하거나, 틀렸다는 것을 알아도 지시를 따르는 이유는 '나보다 똑똑한 전문가의 말이니까, 무슨 이유가 있겠지.'의 마음을 통하여 자신의 에너지를 아끼고 싶기 때문이다.

같은 말이라도 일반인이 해 주는 말과,
전문가가 해 주는 말의 반응은 당연히 다른 거야!

    같은 말이지만 일반인보다 전문가가 더 인지도가 높기 때문이다. 일반인이 하는 "이 운동이 더 효과가 좋아요."와 전문가가 "이 운동이 더 효과가 좋아요."라고 했을 때 당연히 사람들은 전문가의 말에 더 반응을 한다. 그리고 같은 업종의 전문가라도 지위가 높은 전문가의 말에 더 큰 반응이 생긴다.

전문가의 정의로운 말은
더 큰 힘을 내는 거야!

전문가의 악의적인 말 또는 도덕적으로 나쁜 말이라도 논리적인 표현이면 '이해'에 의해서 무시할 수 없는 힘이 생긴다. 이 반대로 '정의로운 말 또는 도적적인 말을 논리적으로 표현'하면 '이해와 공감'에 의해서 압도적인 힘이 생긴다. 그리고 전문가의 지위가 높아질수록 정의로운 말 및 악의적인 말의 힘의 크기는 비례한다.

전문가는 직접적인 관여가 아닌
간접적인 관여만 해도 영향력이 생기는 거야!

"이거 ○○○ 전문가가 사용한 것과 같은 거네. / 이거 ○○○ 전문가
가 먹는 거 봤는데." 등으로 전문가가 직접적으로 상품을 설명하거나 추
천한 것이 아니어도, 그 전문가가 사용했다는 이유만으로 구매하고 싶은
물건 또는 관심이 가는 물건으로 바뀌게 된다.

상위권 전문가의 말의 힘이 센 것은
잘못된 지시를 했는데도
그것을 따른다는 것을 보면 알 수 있어!

전문가가 말을 했을 때 이 말이 맞는 말인지 아닌지를 분석하는 과정을 게을리한다. 또한 같은 업종의 전문가들도 자신보다 지위가 높은 전문가가 한 말에 대해서 분석을 게을리하고 따른다. 그래서 영향력이 높아지면 높아질수록 이 전문가가 하는 말에 대해서 옳고, 그름을 파악하는 것보다, 무조건 믿어 버린다. 이 무조건적인 믿음으로 인하여 잘못된 지시도 의심 없이 따른다.

2장

소
통

전문가도 사람이기에
실수를 하는 거야!

　자신의 분야가 A이고, B분야에 대해서 궁금한 점이 있어서 B분야의
전문가의 도움을 받을 때 대부분 검증 없이 B분야의 전문가의 말을 믿는
다. 왜냐하면 자신은 B분야에 대한 지식과 경험이 부족하기 때문에 B분
야의 전문가의 말에 의문이나 반박을 할 만한 지식이 없기 때문이다. 또
한 선택과 결정을 빨리 하고 싶은 마음도 작용을 하므로 더욱 B분야의
전문가의 말을 신속하게 믿는다.

　하지만 자신의 분야인 A에서는 지식과 지혜가 충분히 있기 때문에 같
은 분야의 전문가가 하는 말을 듣거나, 대화를 할 때 검증을 할 수 있다.
전문가라도 간혹 실수를 하여 잘못된 정보를 줄 수 있으므로, 자신의 분
야에서만큼 '전문가의 말이어도 다 믿지 말고 검증을 하는 것'이 중요하
다. 검증을 통하여 이상이 없으면 받아들이고, 이상이 있거나 궁금한 것
이 있으면 확실하게 물어봐서 풀어야 한다.

일반인들의 생각을 알고 싶거나 놀고 싶으면
자신의 신분을 숨겨야 해!

　일반인들은 이 사람이 전문가인지 모르기 때문에, 이 사람이 하는 말에 대해서 생각을 하고 자신의 생각을 표현한다. 이렇게 신나게 말을 하고 대화를 하고 소통을 하다가 이 사람이 전문가라는 것을 알게 된 순간부터 이 사람이 하는 말을 듣기만 할 뿐 자신의 의견 등의 생각을 표현하지 않는다. 속였다는 배신감의 감정이 없지는 않겠지만, 더 큰 이유는 자신은 일반인이고 이 사람은 전문가이기 때문이다.

괜찮아,
나도
그랬으니까

ⓒ 태호섭, 2021

초판 1쇄 발행 2021년 6월 11일

지은이   태호섭
펴낸이   이기봉
편집   좋은땅 편집팀
펴낸곳   도서출판 좋은땅
주소   서울 마포구 성지길 25 보광빌딩 2층
전화   02)374-8616~7
팩스   02)374-8614
이메일   gworldbook@naver.com
홈페이지   www.g-world.co.kr

ISBN   979-11-6649-898-5 (03810)